BEATBE

NERI

Dello stesso autore
Il demone della perfezione
Chet

Prima edizione Neri Pozza Editore, 2021
Prima edizione BEAT Bestseller, 2024

ISBN 979-12-5502-141-4

www.neripozza.it

ROBERTO COTRONEO

LORO

BEATBESTSELLER
NERI POZZA

a Francesco e Andrea, ogni volta

Margherita B. si occupò delle gemelle Lavinia e Lucrezia Ordelaffi dalla fine di luglio alla metà di agosto del 2018. La stesura del diario ha richiesto poco meno di dieci giorni. La calligrafia, nitida e leggibile, non tradisce incertezze e questo mi sorprende perché nessuno, nella sua condizione, avrebbe potuto mantenere una tale lucidità.

In una lettera che accompagnava il testo, Margherita mi assicurava di non aver raccontato questa storia a nessuno, mi chiedeva di tenerla riservata, mi lasciava, però, la facoltà di sottoporre queste pagine a persone in grado di spiegare i fenomeni che accaddero in quelle settimane.

Le tre persone che hanno letto questo manoscritto sono state poi incapaci di aggiungere una sola parola e non sono mai tornate sull'argomento. Lascio alla sua competenza il beneficio del dubbio, ma so che è difficile accettare quello che viene raccontato.

Ho corretto poche frasi: qualche data errata, qualche riferimento inesatto. Nient'altro. Glielo affido con la speranza che la sua saggezza possa rischiarare le tenebre di questo orrore.

1.

Venni a sapere di quell'offerta di lavoro da un'amica di mia madre. Era l'estate del 2018 e avevo deciso che non mi sarei piú iscritta al quarto anno di medicina alla Sapienza. Nessuno in casa ebbe da ridire su quella mia scelta, o potrei chiamarla rinuncia. Quattro anni prima, invece, avevano avuto sí da ridire. Soprattutto mia madre. Quando annunciai che volevo iscrivermi a medicina, mi rispose che riteneva quella facoltà del tutto inadatta a me. Mio padre non commentò: lui stesso si era laureato in medicina senza aver mai esercitato la professione di medico, e quindi poteva capirlo; ma io avrei voluto diventare una psichiatra e in quel momento pensavo che la mia vita sarebbe andata in quella direzione.

Lo penso anche oggi che scrivo da qui, dall'Australia, dove ho ripreso gli studi malauguratamente interrotti. Tuttavia, quando mi iscrissi all'università in me si insinuò subito il dubbio che le rimostranze di mia madre verso la scelta di diventare un medico avessero un qualche fondamento. Lei mi avrebbe voluto pianista. L'avrei voluto anche io, ma mia zia, che aveva studiato con Vincenzo Vitale al San Pietro a Majella, aveva sempre detto che non avevo abbastanza costanza e che le mie mani erano troppo piccole. Cosí, anche per un dispetto alla sorella di mia madre, la persona della famiglia che piú detestavo, mi diplomai al Conservatorio di Santa Cecilia, con tutte le mie mani piccole e la mia incostanza.

Fu per questo, per l'incertezza che gravava sulla mia esistenza, che quando mi presentai al colloquio ero agitata. Al punto che non ero riuscita a trovare la strada che portava alla villa. Avevo seguito la via principale, perdonate la necessaria vaghezza, ma dopo qualche chilometro di statale a doppia corsia avrei dovuto prendere una piccola uscita che si biforcava ancora una volta. Al bivio il navigatore del telefono non vedeva piú nulla. Non sapevo da che parte andare, ero in una zona dove non c'erano cartelli stradali. Mi armai di pazienza, dimenticai il navigatore e dopo un chilometro di strada sterrata arrivai al cancello, senza sapere della meraviglia che mi attendeva.

Scesi, suonai il campanello, vidi una telecamera che mi inquadrava dall'alto e si aprí il cancello davanti a me. Risalendo in macchina non immaginavo che avrei attraversato un chilometro di parco, di circa novanta ettari, prima di trovarmi di fronte a un giardino meraviglioso che incorniciava, ancora piú in fondo, una villa che sembrava luccicare.

Era una villa senza muri esterni. Il luccichío veniva dai vetri che abbracciavano gli interni senza nasconderli, lasciandoli sospesi. Era il posto piú sorprendente che avessi mai visto, e non ero ancora neanche scesa dalla macchina, neanche avevo osservato bene. Credo ancora oggi di aver avuto uno sguardo adorante, tutto era troppo curato, troppo originale per non emozionarmi.

Non mi sarei stupita di un'antica villa, di un vecchio casale, o persino di una dimora che per magnificenza poteva considerarsi quasi una reggia. Conoscevo posti ricchi e prestigiosi, ma una villa cosí era uscita dalla mente di un genio. Ancora oggi mi è difficile descriverla, non riesco a immaginarla tutta, a spiegare come fosse la facciata.

Cosa la rendeva unica? Le vetrate che all'imbrunire diventavano dei dipinti metafisici? Oppure l'ordine dentro la casa, ostinato, maniacale? O ancora la biblioteca moderna e lo studiolo antico che si poteva scorgere nell'ala sud, come un olio fiammingo dentro una mostra di opere di Anselm Kiefer?

Sul momento vidi questa casa lunga, bassa, a un piano, che in realtà erano due, perché il soppalco di fatto era un piano superiore, di finestre e di oblò che permettevano di inquadrare punti precisi della campagna. Peraltro neanche mi ero resa conto di essere su una collina poco pronunciata, che dominava il parco con dolcezza. Da uno degli oblò della casa, ma questo lo scoprii la prima notte in cui dormii da loro, si poteva vedere la cupola di San Pietro, sopra la luce sospesa di Roma: brillava come il pezzo di un presepe, come una statuetta piú bianca delle altre.

Quando arrivai la casa era spenta. La luce entrava e non usciva, i vetri erano quasi specchi. Alessandra Brandi mi venne incontro: aveva un vestito bianco di lino grezzo. Era a piedi nudi. Non usciva dalla casa, ma veniva dalla parte di giardino dove pensai ci potesse essere una piscina. I riflessi d'acqua appartenevano, invece, a un laghetto artificiale. Lungo e stretto, in ombra, circondato da alberi rari ed esotici.

Quella donna sorrideva, era elegante e leggera nel suo modo di porsi, proveniva da una nobile famiglia di origini senesi. Se prima di entrare nella villa pensavo con un certo distacco che in quel momento della mia vita sarebbe stato utile accettare un impiego di quel genere, dopo i primi minuti ebbi la paura di non ottenerlo, tanto mi piaceva quel luogo, tanto lo desideravo. E già mi rattristava pensare al momento della giornata in cui sarei stata congedata per ritornare alla mia casa.

«Mio marito non è a Roma» mi disse Alessandra, «lui lavora a Londra».

Mi guardava negli occhi, aveva tra le mani la mia lettera di referenze, e mostrava una cortesia rara. Lesse le referenze in silenzio, poi per parlarmi posò i fogli.

«Dunque, vuole diventare un medico...» disse sorridendo.

«A dire il vero, non so ancora se continuare gli studi. Sogno un lungo viaggio in Oriente».

«Sarebbe un peccato lasciare».

Risposi qualcosa di banale, del tipo: «Mi piace aiutare gli altri». Ma capivo che Alessandra doveva aver già deciso. Le mie referenze la interessavano assai poco.

«Sí, contessa, mi prendo una pausa, e poi deciderò...»

Venni interrotta: «Io sono Alessandra, mi chiami per nome. Anche mio marito Umberto potrà chiamarlo per nome».

Poi alzandosi, mi invitò a seguirla: «Allora, Margherita, fra poco il giardiniere arriverà con le bimbe, cosí potrà conoscerle. Dopo le mostrerò la sua stanza».

2.

Passeggiammo per il parco. Venni informata da Alessandra delle mansioni che avrei dovuto assolvere. Era arrivato il momento di far seguire le gemelle, Lavinia e Lucrezia, da una persona che insegnasse loro due lingue e le aiutasse in un percorso di formazione piú rigoroso delle amate scuole pubbliche che i genitori avevano deciso di far loro frequentare.

Inoltre avrei impartito io stessa le lezioni di pianoforte a Lucrezia, ma capii presto che non ce n'era alcun bisogno. Lavinia invece era refrattaria a ogni sorta di educazione musicale e per quanto Alessandra ne fosse dispiaciuta, decidemmo che avrebbe perfezionato l'attività agonistica e l'equitazione, verso cui aveva trasporto e talento.

Per avere solo dieci anni erano già entrambe molto dotate. Il motivo della mia assunzione fu quello di ovviare, prima che «fosse troppo tardi», alle lacune della scuola media inferiore, che Umberto considerava un obbrobrio: a sentir lui avrebbe rovinato le bimbe, togliendo loro qualsiasi suggestione, creatività, entusiasmo. Escluse le soluzioni rappresentate da costose scuole private, sulle quali il giudizio di Umberto era pari a quello sulle pubbliche, se non addirittura peggiore per la futile ostentazione di ricchezza che comportavano, un moderno precettore – se si vuole precettrice – era apparsa la via di mezzo accettabile per quei genitori che avevano fatto della normalità un imperativo. Anche se, a cominciare dalla villa, non c'era niente di normale nella loro esistenza e nel loro modo di vivere.

Neanche mi accorsi che erano passate due ore, e ancora passeggiavamo per il giardino. Le bimbe non erano arrivate. Gaetano, il giardiniere che alle volte faceva da autista, con moderazione «per via di un incidente che ebbe da giovane» di cui non chiesi altro, aveva mandato un messaggio avvertendo che le bambine si erano fermate per un altro giro a cavallo; avevano finalmente potuto montare Leo, un purosangue nero dal carattere non facile. Sembrava che Leo fosse diventato mansueto e avesse smesso di imbizzarrirsi: «Cosí la principessina Lavinia si era impuntata di farlo sellare e cavalcarlo», come scrisse Gaetano.

Peraltro Leo era un animale meraviglioso, un cavallo gallese fiero e possente: sarebbe stato portato in villa, assieme agli altri cavalli, entro pochi giorni. Mi rassegnai a non incontrare le bambine per quella volta. Mi domandavo come Alessandra potesse aver deciso di assumermi senza capire se c'era anche una iniziale forma di empatia tra me e le figlie. Alle volte si intuisce se una persona ha una capacità di comunicare con l'infanzia, o se invece c'è qualche difficoltà. E poi i bambini scelgono: hanno simpatie e antipatie. Ero certa che non avrebbe preso decisioni prima di farmi incontrare le figlie. Ma andò diversamente.

«Umberto arriva sempre con l'ultimo aereo del venerdí sera. Io stessa, quando è possibile, lo vado a prendere all'aeroporto. Ma potrebbe anche accadere che lo faccia lei, Margherita, portando con sé Lavinia e Lucrezia. Lavinia ha una passione per gli aerei, ormai ripete sempre che vuole diventare un pilota di aerei. Ama gli aeroporti, ci vivrebbe».

«E Lucrezia?» chiesi.

«Eh, Lucrezia, lei vuole diventare pianista. Lo ripete da quando è piccola. In realtà dovrebbe intraprendere la carriera militare, per quanto è determinata, ma all'apparenza sembra la piú remissiva delle due. E invece è un generale» e dicendo questo Alessandra scoppiò in una risata: «D'altronde è nata per seconda, ed è la sorella maggiore, in tutto e per tutto».

Risi anche io. «Si assomigliano?»

«Le vedrà. Sono identiche. Alle volte neanche noi riusciamo a distinguerle. Mio marito e io abbiamo capito da subito che avere due gemelle significa, come dirle, condannarsi a restare fuori...»

«Restare fuori?»

Esitò: «Sí, hanno dei codici, ci sono dei segreti tra loro, tra Lavinia e Lucrezia, dentro cui non entra nessuno, e non oggi che hanno già dieci anni, anche quando ne avevano soltanto due, ed erano bimbe bimbe e neanche parlavano bene. I gemelli monozigoti sono un mondo affascinante: parlano in modi che neanche può immaginare».

Alessandra aveva cambiato sguardo in modo impercettibile. Lo penso oggi, qui, mentre scrivo sul quaderno, ma non so se lo pensai in quel momento. Allora scambiai quell'incertezza della voce per una pausa, per un rallentamento normale, oggi è diverso: oggi sento ancora quelle parole come una stranezza, una stranezza senza stranezze, una porta che sbatte quando neppure c'è vento, anche se non dovrebbe accadere. Cercai di trovare una maniera positiva per ovviare a quella leggera incrinatura.

«Troverò il modo per capire i loro codici».

Alessandra sorrise: «Ne sono sicura. Lei sarà certamente piú brava di me, i genitori non devono mai essere complici dei figli. Anche se Umberto, da quando sono cresciute, sente di piú la loro mancanza, e tende a viziarle. Adesso le presento le persone che lavorano per noi».

Mentre entravamo nella villa da una delle porte laterali passò a un tono piú mondano.

«Amo questa casa, l'ha progettata Rem Koolhaas. Ma poi i lavori li ho seguiti io, fino all'ultimo infisso».

«Il risultato è una meraviglia» commentai.

«Lo sa che ogni settimana ho almeno dieci richieste? Studenti di architettura, saggisti, fotografi, tutti vogliono studiarla, disegnarla, fotografarla, non posso dire sempre di sí, lei può capire. Ma qualche volta un'eccezione la faccio, permetto loro di visitare gli interni».

Era la donna piú bella e solare che avessi mai incontrato, rise di questo, ma con piacevolezza, non c'era alcun compiacimento, peraltro io neanche sospettavo che Koolhaas fosse uno dei piú importanti architetti del mondo. Non sapevo di trovarmi di fronte a un capolavoro dell'architettura contemporanea.

Conobbi Flora, la cuoca di Haiti che si muoveva sicura in una cucina che era il suo tempio d'acciaio. Conobbi Angelina, che veniva da Tivoli, ed era stata la governante della «signora Elena, la cara mamma di Umberto e del fratello Giovanni».

Entrammo nello studio. C'era una giovane donna, leggeva al computer. Appena ci vide entrare si alzò e ci venne incontro. Fui colpita dal modo che aveva di guardarmi, non ti staccava gli occhi di dosso. Camminava con un misto di indecisione e spavalderia.

Alessandra me la presentò: «Lei è la nostra Giulia, vigila su tutti noi».

Sembrava una ragazzina, anche se non lo era. Il suo sguardo era attento: una vigile diffidenza. Mi porse la mano in un modo formale e mi sorrise, ma era come avessi la sensazione di trovarmi di fronte a qualcuno che mi stava studiando, qualcuno che cercava di capire chi fossi e in che modo avrei passato il mio tempo nella villa.

«Margherita si occuperà delle gemelle» la informò Alessandra.

«Una fortuna, Lavinia e Lucrezia sono due bimbe meravigliose» aggiunse Giulia con un sorriso.

«Lo sa che Giulia ha in mano il destino di questa casa?»

Ebbi un'espressione stupita. Forse turbata.

Giulia rise, questa volta, con piú convinzione: «Diciamo che cerco di risolvere tutti i problemi che ogni giorno nascono tra queste mura, anzi tra queste vetrate: dallo scorrere degli infissi alle infiltrazioni di umidità. Le case moderne sono peggio di quelle antiche».

«Se non fosse per lei, altro che Koolhaas» aggiunse Alessandra. «Lui ha fatto il progetto e poi i problemi sono tutti nostri. O meglio di Giulia». E dicendo questo la guardò complice: «Se non ci fosse lei a mandare avanti tutto, sa aggiustare anche i rubinetti, lo sa?»

Giulia si rivolse a me: «Non le creda. Io sono un soldato che esegue ordini. Sono felice che ci sia anche lei qui con noi e con le bambine. Alessandra mi ha detto che lei è una pianista».

Mi schermii, con imbarazzo: «Suono poco ma per Lucrezia farò delle eccezioni...»

«Allora la ascolteremo» disse Giulia. «Scenderò a sentirla al pianoforte, e ci prenderemo il tè».

La diffidenza iniziale era passata. Alessandra si era scelta una collaboratrice garbata, capace: tutto andava bene e tutto mi piaceva. Non diedi retta a una strana voglia che mi venne in un primo momento, nel primo istante che vidi Giulia: la voglia di difendermi da lei, di tenermi un passo di lato, di non lasciare che prendesse a studiarmi, guardarmi, osservarmi. Lo continuava a fare, ma per me non era piú un disagio, ora mi piaceva. Fui felice di poter prendere un tè con lei alla prima occasione, di essere parte di una nuova comunità.

«Manca Gaetano, il giardiniere, che conoscerà presto, perché lui è sempre presente, ovunque. Ogni volta che c'è da risolvere un problema non ha neanche bisogno di chiamarlo: se lo ritrova davanti come se lui lo sapesse già. È un uomo di una simpatia, affidabilità... è stata una fortuna incontrarlo. Il suo sorriso la conquisterà, ne sono certa».

Alessandra si fermò all'improvviso come fosse indecisa, come a valutare l'opportunità delle sue parole, poi, abbassando il tono della voce, aggiunse: «Sono soltanto due anni che Gaetano sta da noi. Ci era venuto qualche dubbio, se assumerlo oppure no. Il lavoro in giardino è faticoso, lui non è piú tanto giovane. Come le accennavo, anni fa ebbe un terribile incidente in automobile. Non distante da qui, sulla via Flaminia, uscendo da una curva. In macchina c'era il figlio tredicenne. È una storia tragica. Il ragazzo morí. Gaetano perse la gamba destra e rimase per lungo tempo tra la vita e la morte. Quando si presentò a noi, pensammo che non sarebbe riuscito a curare un giardino cosí grande da solo. Ma invece, con qualche aiuto che quando serve non gli facciamo mancare, riesce anche a non stancarsi troppo. È un uomo eccezionale. È originario di Agrigento. Lo dico sempre a Umberto: sono anni che non torno alla valle dei Templi, dovremmo andarci con le bambine. Ma non sposi mai un banchiere, lavorano sempre e non hanno mai tempo. Se una volta riesco a distrarlo dai suoi affari partiamo. Magari potrebbe venire anche lei?»

Non pareva una richiesta. Semmai una sollecitazione. Significava in qualche modo: lei farà parte dei nostri progetti, della nostra famiglia, dei nostri viaggi, e di questa casa, persino.

3.

La stanza era stata pensata per me. Eppure non c'era nulla che avrei scelto io per arredarla. Era tutto freddo e caldo al tempo stesso. Scaffali d'acciaio per una libreria che nel grigio luminoso riusciva a prendere le tonalità del cielo. Un letto basso eppure armonico a suo modo. Un armadio a muro che scompariva del tutto. I libri della stanza erano romanzi classici. Come poteva sapere che amavo i classici, soprattutto di autori inglesi? E che amavo leggere i libri in lingua originale? C'erano dorsi raffinati, alcuni dell'Ottocento. Notai subito un'edizione illustrata di *Robinson Crusoe*. Mentre mi muovevo allegra per quella stanza, guardavo con ammirazione la scelta e la cura che era stata messa in ogni dettaglio.

«È tutto incantevole» dissi con un impeto che non mi ritrovavo piú da tempo. E aggiunsi: «E poi i libri...»

«Vede» mi rispose. «Ho pensato che una ragazza come lei potesse appassionarsi agli inglesi, piú che ai francesi, ma se preferisce altri romanzi...»

«No, no, è perfetto...»

Mi interruppe subito: «Ah, un'altra cosa. E qui mi permetta di non darle alcuna possibilità di scelta. Sono i miei capricci. Come può vedere, la sua stanza, come tutte, ha pareti che sono vetri. Non ci sono tende. Capisco che all'inizio possa mettere a disagio, ci si sente osservati. Ma le stanze da letto della casa danno sulla parte piú selvaggia del parco, non sul giardino. Nella parte selvaggia passa solo Gaetano, il nostro giardiniere. Lei non sarà osservata da nessuno. Se non dalle bambine, ma si avventurano raramente, non sono delle esploratrici».

Ebbi una sensazione duplice, da un lato provai a rassicurarla: «Amo questa luce che entra». Dall'altro cercai io stessa di essere rassicurata, cercai il suo sguardo, aspettandomi un altro dei suoi sorrisi, uno di quei gesti caldi che aveva avuto fino a quel momento.

Mi ero accorta che Alessandra spesso accarezzava gli oggetti di cui parlava, li toccava con amore, come fossero da vezzeggiare. Era un modo che mi era piaciuto da subito. E quel sorriso, assieme a quelle mani lunghe che sfioravano le cose erano quanto di piú attraente ci si potesse aspettare da una creatura come lei.

Questa volta però Alessandra non toccò nulla. Guardò verso il parco, serrò le mascelle irrigidendole, e persino gli occhi, quegli occhi scuri, quelle iridi castane ma con dei sottili filamenti gialli e verdi che li rendevano ancora piú nitidi, non parevano piú cosí grandi, ma si erano fatti piccoli, a focalizzare lo sguardo su qualcosa là fuori che non poteva sfuggirle e che la spaventava.

Mi parve soltanto che fosse entrato un refolo di vento dentro quella stanza, un vento che persino d'estate può darti un brivido. Anche se quel giorno non c'era vento. Non si muoveva una sola foglia, come se il giardino fosse una scultura naturale e il silenzio illuminasse tutto.

Ebbi la sensazione di non riuscire piú a misurare il tempo, di non saperlo piú il tempo, mi sentivo confusa, non capivo dove mi trovavo, quel che avrei dovuto dire, di lí a poco. Ma fu un attimo, una sospensione di tutte le verità che avevo fatte mie in quel colloquio, in quelle passeggiate, nelle persone che avevo incontrato fino a quel momento.

Fui come risvegliata dalla voce morbida di Alessandra, che non si accorse di quanto mi stesse accadendo, ma forse oggi sono io a esagerare, ad allungare quell'attimo per poterlo poi raccontare, a modo mio. Tutto si fermò ma riprese subito, cosí la voce di Alessandra, il fluire del discorso, alla fine, pareva non si fosse mai interrotto.

«Umberto sarà contento di questa mia scelta. Ha sempre pensato che le mie intuizioni erano le migliori. Lei pensi che la sua famiglia ha una villa non lontana da qui. Sarebbe stato naturale che ci trasferissimo lí, mia suocera lo avrebbe desiderato. Ma io volevo un posto nuovo per noi, una casa che nessuno aveva mai abitato prima».

Annuii. Pensai avesse ragione, che quella scelta fosse magnifica, come magnifico quel dipinto che ora mi trovavo di fronte e che occupava una delle poche pareti in cemento della villa: un quadro strano, grande, con delle persone vestite di nero e incappucciate che ballavano: una danza sconnessa, folle forse. Quel dipinto era inquietante: mi respingeva e al tempo stesso ne ero attratta.

Alessandra si accorse che ero rimasta colpita dal quadro: «Le piace? È di Michaël Borremans».

«Non lo conosco» risposi.

«È un pittore belga. Lo amiamo molto. Umberto lo ha comprato in una galleria a Londra. È un artista interessante, no?»

«È una messa nera?» domandai annuendo.

«In un certo senso, un ballo macabro. Le gemelle amano questo quadro. Non si stancano mai di guardarlo».

«Borremans» mormorai, per fissarmi in mente il nome.

Alessandra, che stava guardando il quadro con me, aggiunse: «Qui ci sta proprio bene. Anche se Umberto dice che è cupo. Per tanto tempo mio marito sosteneva che questo luogo fosse da evitare. Ci fu un braccio di ferro. Questo terreno era edificabile ma a nessuno da decenni era venuto in mente di costruirci una villa. Eppure... Poi ho scoperto che erano tutti superstiziosi...» e le tornò quel sorriso che mi era piaciuto da subito: «Proprio superstiziosi. Sembra che sotto la villa ci fosse una necropoli etrusca e che portasse male scavare qui. Facemmo delle indagini, anche con la sovrintendenza, ma non c'è proprio niente. Forse un cimitero, perché abbiamo trovato delle ossa antiche di secoli. Ce ne ho messo di tempo a convincere mio marito a far realizzare il progetto di questa villa. Era suggestionato».

Mi sorprendevano quei cambi di registro. Solo dopo, unendo dei fili invisibili, mi sono rimproverata di non aver dato ascolto a blandi segnali che mi arrivavano, ad accenni a eventi drammatici, a riferimenti a storie oscure. Storie che non avevano niente a che vedere con una donna come lei, moderna, attiva, razionale, entusiasta della vita, nonché grata dei privilegi e della fortuna che la sorte le aveva donato. Contraddizioni, incongruenze cui avrei dovuto prestare maggiore attenzione.

Ma non era quello il tempo, non era quella la mia condizione emotiva. Per quanto non avessi visto ancora le bambine, non avessi parlato del mio compenso e neppure delle ore di lavoro che mi aspettavano, per quanto non avessi neppure conosciuto il marito, nella sua Londra per lavoro, e per quanto immaginassi già che la coppia dovesse viaggiare molto e che Alessandra faceva conto sulla mia presenza anche al di fuori dei miei compiti alla villa, non vedevo l'ora di passare la prima notte in quella stanza che era già diventata la mia.

Avrei portato il mio computer, avevo facoltà di riempire l'armadio di tutto il necessario, ma non di aggiungere oggetti, soprammobili, tantomeno mettere quadri, poster o fotografie alle pareti. L'unica parete non a vetrata della stanza, dove poggiava la testata del letto, aveva un grande quadro appeso: una scena equestre di Antonio Donghi che la piccola Lavinia non aveva voluto nella sua camera perché il primo dei cavalli pareva invasato: «aveva gli occhi che facevano paura».

Mi affezionai a quel Donghi, anche se con il passare dei giorni cominciai a convincermi che la piccola Lavinia avesse visto giusto: gli occhi del cavallo parevano quelli di Gaetano, il giardiniere, quando pensava di non essere visto.

Ma questa è un'altra storia. Una storia mostruosa, che posso riuscire a mettere su carta solo dopo aver fatto ordine nella mia mente, mettendo in fila i fatti accaduti, perché altrimenti finirei per perdermi.

4.

Considero una stranezza quello che avvenne nei giorni successivi alla mia visita. Andai alla villa di giovedí, non vidi le gemelle e sapevo che Umberto sarebbe arrivato da Londra il giorno dopo. Ritenni di farmi trovare disponibile a un nuovo incontro anche per quel fine settimana, convinta che fosse importante, e soprattutto urgente, confrontarmi con le bambine e farmi conoscere dal marito.

Ma non accadde, come non accadde neppure il lunedí subito successivo e anche il martedí. Dico anche il martedí perché nel pomeriggio ricevetti una telefonata sul cellulare da un numero sconosciuto: non risposi subito, impegnata in una partita di tennis con un'amica. Quando però richiamai capii che era lo studio di un avvocato. L'orario d'ufficio mi lasciava solo la possibilità di registrare un messaggio nella segreteria telefonica. Intuii che quello studio legale doveva essere quello incaricato a trattare la parte contrattuale e la retribuzione che mi sarebbe stata offerta per il lavoro dagli Ordelaffi.

Ma il mercoledí non ricevetti alcuna telefonata dallo studio legale e non ricevetti telefonate neppure da Alessandra. Cominciai a pensare di non aver fatto una buona impressione e che avessero cambiato idea. Se cosí fosse stato, se c'erano altre candidate, avevo il diritto di saperlo. Mi sentii come una bambina delusa che avrebbe dovuto rassegnarsi a non prendere un lavoro che la entusiasmava, al di là di ogni ragione.

Mi dispiaceva soltanto di non aver incontrato le gemelle, mi sarebbe rimasta la curiosità di conoscerle. Pensai che Alessandra avrebbe potuto evitare di portarmi a vedere quella che sarebbe stata la mia camera, ma forse lo faceva con tutte quelle che presentavano le loro referenze per ottenere il lavoro che io avrei voluto. Il giovedí successivo, però, ricevetti la telefonata dell'avvocato.

Fu gentile e sbrigativo al tempo stesso. Si scusò per non so quale malanno, mi informò che già dal lunedí avrebbe dovuto contattarmi. Curava gli interessi del dottor Umberto. Il mio contratto era pronto e me lo avrebbe anticipato via mail. Non si trattava solo del compenso, delle ore di lavoro, della sistemazione, delle giornate in cui potevo essere libera, persino di ferie e permessi, ma anche di una clausola di riservatezza. Ovvero: qualsiasi cosa fosse accaduta, avessi visto e sentito dentro la villa, restava riservata, non potevo parlarne con nessuno.

Tanto era l'entusiasmo di essere stata scelta che non feci caso alla noterella in calce che necessitava di una firma ulteriore e di una controfirma. Oggi l'avrei letta diversamente, l'avrei considerato un altro segnale.

Salii sul motorino, arrivai in via Crescenzio dove aveva sede lo studio, e firmai il contratto: prevedeva quasi il doppio di quanto immaginavo di poter guadagnare per quel lavoro. Poi scesi a prendere un caffè in piazza Risorgimento e mentre pagavo squillò il mio cellulare.

«Benvenuta tra noi, Margherita. Mi scusi se siamo andati per le lunghe, ma il nostro legale ha pensato bene di fratturarsi il polso in una partita a padel e ci ha tenuti tutti in attesa, non sapevamo se andasse operato o se bastava un tutore. Il tutore è bastato e finalmente abbiamo il contratto».

Risi divertita: «Sí, vedo che l'ha avvertita subito, ho appena firmato...»

Alessandra ignorò le mie parole: «Domani è venerdí, mio marito prende l'aereo prima, arriva nel pomeriggio. Se lei ci raggiunge potrà stare tutto il tempo con le gemelle e rimanere a cena con noi. Conoscerà Lavinia, Lucrezia e Umberto, tutti nello stesso giorno. Spero non sia troppo impegnativo per lei».

Risposi che non lo era affatto.

E lei aggiunse: «Se deciderà di dormire nella sua stanza già domani sera non può che farci piacere».

Accettai con entusiasmo. Rimanemmo intese che li avrei raggiunti attorno alle tre e che avrei portato loro un tè allo zenzero che un amico aveva fatto arrivare dalla regione del Kerala. «Da un luogo» aggiunsi «che non so nemmeno pronunciare bene».

Sentii una risata divertita. E pronunciò la città che non sapevo dire, con scioltezza: «Thiruvananthapuram, verrà certo da lí».

«Sí, credo di sí...»

«Le piantagioni di tè della regione del Kerala

sono famose» commentò. «Lei è gentile, la ringrazio. Berremo il suo tè con piacere». E mi congedò.

Chiusa la telefonata pensai che avrei dovuto preparare la valigia. Scelsi un trolley e un borsone grande, che poi lasciai alla villa, assieme ai miei vestiti e agli oggetti personali, quando fuggii da quella casa.

5.

Fu luglio a ingannarmi, un mese radioso, fatto di giorni di luce, di notti chiare, di mattine sospese: di cui non avevo ancora imparato a diffidare. Ci sono momenti della vita in cui si cresce e si invecchia in poco tempo. Accade nel dolore, certo, accade anche nello smarrimento, nel fatto che prima il mondo ha la terra e il cielo e poi il mondo ha l'inferno, la terra e il cielo.

Qui in Australia il cielo è smisurato mentre la terra regala panorami magnifici. La terra sembra non avere storia, se non quella geologica, ti illudi di essere in un mondo nuovo e invece l'inferno ti segue dappertutto, perché l'inferno ci appartiene, l'inferno è preistorico: quando lo vedi, e basta una volta sola, puoi anche riuscire a dimenticarlo per anni, per decenni, ma quando non te lo aspetti, quando pensi che il cielo e la terra possano essere tutto quello che desideri, l'inferno si riapre.

Può essere ghiaccio o fuoco, un crepaccio o l'ingresso al cratere di un vulcano, magari un vulcano ghiacciato. Oggi l'ho imparato a mie spese, ma non fu quella la prima impressione quando ebbi il privilegio di incontrare tutti loro. Allora ero come sorpresa da un puerile entusiasmo. Era come avessi ritrovato Camelot, riscoperto la stanza dei giochi della mia infanzia. Tutti erano incantevoli, anche Umberto, di cui avrei scoperto di lí a poco la chiara bellezza normanna. Capii da subito quanto avesse ragione la madre, la signora Elena, a ostinarsi nel chiamarlo Sigfrido, perché lui era Sigfrido, era *Sigurðr*, e dio sa quanto lo fosse veramente.

E poi le gemelle. Non si può immaginare cosa fossero le gemelle.

Arrivai con qualche incertezza al cancello della villa, stavo perdendomi ancora una volta: quel posto aveva come la capacità di muoversi da solo, sembrava potesse sparire da un momento all'altro. Se mi chiedete perché mai dovessi pensare a una sciocchezza del genere, risponderò che non lo pensavo, non lo pensavo affatto. Ma un giorno qualsiasi, tornando da Roma, avrei potuto non trovare piú la villa ma solo un cancello abbandonato, come in certe fotografie di Luigi Ghirri dove i cancelli stanno in mezzo alla campagna senza niente davanti e senza niente dietro. E nel niente avrei potuto mettervi la famiglia Ordelaffi, il personale di servizio, gli alberi rari, la casa di Koolhaas.

Eccetto lui, Gaetano: custode di quel luogo, architetto di quel giardino. Gaetano alla fine sparí, portandosi appresso il contenuto di una cassaforte dove Alessandra conservava i gioielli di famiglia. Dio sa quante volte ho avuto il terrore di rivedere Gaetano, scuro in volto, davanti al mio portone di casa, qui a Perth, con quell'espressione che mi riportava a quella notte, quando mi sussurrò le parole orribili che non ho piú dimenticato.

Sulla strada per uscire da Roma avevo trovato traffico: era un venerdí di luglio e molti si erano messi in viaggio per raggiungere le località di mare. Ero rimasta in coda e avevo temuto di arrivare in ritardo. Ma riuscii a essere puntuale, pochi minuti dopo le tre posteggiavo la mia automobile dentro la villa scoprendo che il parcheggio aveva già un posto riservato per me: c'era il mio nome a terra e la striscia bianca. Il posto per la mia auto era accanto al furgoncino di Gaetano. Quando scesi vidi il giardiniere e lo riconobbi: stava caricando dei sacchi di calce o di cemento bianco. Mi guardò e fece un cenno con il mento. Era un saluto, a suo modo.

Non si presentò da solo. C'era una differenza sociale che con tutta la modernità degli Ordelaffi, con quel loro voler essere borghesi e informali, restava come una incisione nella pietra, come una scritta antica che non andava cancellata e che peraltro nessuno voleva cancellare.

Lo riconobbi per la sua andatura claudicante, per la pelle e i capelli scuri, per un sorriso che non era un sorriso: era molto di piú e molto di meno.

Non mi fece simpatia, non era una persona che potesse suscitare entusiasmo, ma certamente rispetto e comprensione. Non mi stupí quel sorriso sghembo, quello sguardo imperfetto, quegli occhi accesi, guardinghi.

Il parcheggio della villa era circondato da alberi alti, da un fogliame fitto. Credo si trattasse di robinie o di acacie. Le automobili rimanevano in ombra, protette dalle foglie degli alberi, e in quella zona del parco c'erano molte gazze: vivevano sui rami piú alti e facevano un verso che conoscevo bene, perché lo sentivo anche nel mio cortile di casa. Un verso chiocciolante di centinaia di gazze che avrebbe esasperato chiunque. Persino i pappagallini, che da tempo avevano colonizzato il parco, si erano scelti un altro luogo dove stare.

Furono le gazze che sentii per prime il giorno del mio arrivo alla villa, e sempre le gazze mi accolsero quel venerdí appena scesa dalla mia automobile. Finché non incrociai lo sguardo di Gaetano. Quando io e Gaetano ci guardammo e lui mi fece quel cenno con il mento, quella sorta di saluto rispettoso e distante, cadde il silenzio. Si alzò il vento, le foglie si mossero ma senza alcun fruscio, come fosse un film muto. Gaetano distolse lo sguardo da me poggiando il sacco di calce nel vano del furgone.

Aprii il bagagliaio, afferrai la valigia con le ruote e misi a tracolla l'altra borsa. Ma Gaetano non poté offrirsi di aiutarmi perché si era allontanato per andare a prendere degli altri sacchi. Non appena fu lontano abbastanza, il verso delle gazze tornò ed era cosí forte che non sentivo neppure le ruote del mio bagaglio sulla via selciata che portava alla villa.

E fu lí che ebbi la seconda apparizione, la piú lieta. Fu lí che mi vennero incontro le bambine. In fondo, ma piú lontana, potevo vedere Alessandra ferma a guardarci.

Ebbi due sensazioni: la prima era che Gaetano ci osservasse dal limitare del boschetto, proprio alle mie spalle; la seconda che una delle due bimbe quasi trascinasse l'altra nella corsa. Non chiedetemi ora chi fosse delle due a correre in avanti e a tirare l'altra rimasta indietro, tenendola per mano. Capii presto che non poteva che essere Lucrezia. Era Lucrezia a esercitare sempre una forma di dominio su Lavinia.

Ma in quel momento per me era impossibile distinguerle. Lavinia e Lucrezia erano in tutto e per tutto identiche: vestite uguali, bionde uguali, con la stessa pettinatura, lo stesso braccialetto al polso, gli stessi occhi azzurri presi dal padre.

Si fermarono davanti a me. Vidi il loro sorriso e decisi che quel luogo poteva essere chiamato il luogo del sorriso. Tutti avevano un sorriso disarmante: persino quello di Gaetano, ferito dal dolore, restava un sorriso aperto, coraggioso.

6.

Lavinia e Lucrezia si fermarono davanti a me all'unisono, se il termine può reggere, perché quello scalpiccio dei sandaletti, a dire il vero assai vezzosi, terminò proprio all'unisono. Lavinia stava perdendo l'equilibro, ma fece uno sforzo per rimanere in piedi. Notai che Lucrezia era poco poco piú avanti. E nel momento esatto in cui le bimbe si fermarono, tutto il mondo attorno riprese il suo ritmo e il suo tempo.

Da ferma che era, Alessandra prese a camminare verso di noi mentre Gaetano mi passò poco distante, con quella sua lentezza affaticata. Vidi Alessandra, in fondo, come fosse fuori fuoco, vidi Gaetano con la coda dell'occhio, notai i sorrisi delle bimbe. Non mi fecero l'inchino anche se Lavinia, credo fosse lei, lo accennò, ma un'occhiata di disapprovazione della sorella la convinse a rinunciare.

Non si presentarono a me. Mi guardavano in silenzio, con simpatia. Fu Lucrezia a parlare.

«Lavinia ha qualcosa da mostrare» disse, rivolta alla sorella. «Vero, Lavinia?»

La gemella tolse la mano da dietro la schiena – nello sforzo di nasconderla aveva rischiato di inciampare nella corsa – e mi mostrò tre margherite.

«Le abbiamo raccolte in giardino» aggiunse porgendomele.

I fiori avevano il gambo spezzato, ma quell'omaggio al mio nome mi commosse. Impossibile non innamorarsi di quelle bambine. Era come se le conoscessi da sempre: il loro modo di guardarsi, quella complicità fulminea, priva di sguardi diretti, quel sapersi senza svelarsi. Erano incantevoli. Ma bastarono pochi giorni perché tutto cambiasse e il piacere diventò ben altro.

Ogni cosa, era però, ancora luminosa.

Non ci fu l'inchino e le bimbe ripresero a correre e giocare tra loro come se l'incontro con me fosse una faccenda già risolta. Una delle due cadde sull'erba, l'altra la prese in giro perché il vestito si era macchiato. E intanto Alessandra mi aveva raggiunta e le aveva chiamate, facendole tornare dove stavamo noi.

«Lucrezia, Lavinia...»

Poi si rivolse a Lavinia e la rimproverò: doveva cambiarsi appena tornavamo in casa. E sarebbero state loro ad accompagnarmi nella mia nuova stanza. In quel momento apparve Gaetano. Alessandra me lo presentò. Gaetano fece un cenno con il capo e mostrò un sorriso che reputai piú aperto di quello che gli avevo visto prima. Poi prese i miei bagagli, anche se opposi resistenza e, con una forza e un'abilità che non potevo sospettargli, si avviò verso la villa.

«Alle volte sembra piú agile persino di me» commentò Alessandra guardandolo allontanarsi.

Io ero incantata dalle bimbe che correvano verso la casa, si fermavano, si parlavano all'orecchio, si voltavano verso di noi. E riprendevano a correre. Seppi solo dire: «Sono bellissime».

«Oh... il problema è che lo sanno» rispose Alessandra mentre camminavamo una accanto all'altra verso la casa. «Alle volte le trovo troppo vezzose per la loro età. Non siamo riusciti a metterle in due classi diverse. Sono compagne di banco. Volevamo che almeno il taglio dei capelli fosse differente, ma ne hanno fatto una tragedia. Le maestre si lamentano. Non le riconoscono. Alle volte hanno la sensazione che si scambino i ruoli. Per dispetto, niente di piú».

Risi: «È divertente».

Alessandra si fece piú seria, anche se ce la mise tutta a tenere il tono leggero con cui mi aveva parlato fino a quel momento.

«No, non lo trovi divertente. Non deve assecondarle mai. La schiaccerebbero. Loro si combattono ogni giorno. A cominciare dal contendersi le attenzioni e l'amore del padre. Però il loro legame è quanto di piú stretto io abbia mai visto. Mi crede se le dico che è impressionante?»

«Le credo» risposi.

Alessandra provò a sorridere: «Mi crede, ne sono certa, ma ora dovrà sperimentarlo. Lo so che sarà capace di tenere testa a quelle due pesti».

Accennai: «Ma le posso vestire in modo differente?»

Sul viso di Alessandra scese un velo di malinconia: «Se lei ci riesce noi non potremo che ringraziarla».

Poi, dopo una pausa, sentí il bisogno di spiegarmi.

«Vede, con Umberto abbiamo provato, e in un primo periodo ci siamo riusciti, a far capire alle bimbe che non vivono in un castello incantato».

«Ma questo è comunque un luogo meraviglioso».

«La ringrazio, gli abbiamo dedicato cura e tempo, e come dirle, lo abbiamo inventato dal nulla. Ma all'apparenza non è diverso dalle ville dove vivono le loro amiche. E io vorrei che per loro le case delle compagne e dei compagni di scuola siano tutte uguali».

La trovai un'ipocrisia, ma assentii.

«Solo che, vede, Lucrezia e Lavinia sono circondate da tanta gente. Il nostro personale, quando io non sento, le chiama principessine, lei mi capisce. E loro ci credono davvero».

Risi: «Ma sono principesse».

E Alessandra: «Se parla cosí sembra mia suocera».

Ero certa che il modo di chiamarle piú calzante, piú vero, era proprio: principessine. Ma lo tenni per me. Mentre la madre continuava.

«Lei non ha ancora conosciuto la nonna delle mie figlie. Parlo della nonna paterna. Pensi che chiama ancora mio marito Sigfrido. Ogni volta non riesco a farmene una ragione».

Provai a essere meno ironica possibile: «È un nome impegnativo».

«Quando le porto le nipoti... Perché lei qui non viene mai, per quella storia che non andava costruito niente su questo terreno... Insomma, quando porto le bambine da mia suocera lei le riempie di chiacchiere sull'origine e sulla storia della famiglia. Le bimbe ne sono travolte a tal punto che quando tornano, chiedono degli avi, di regnanti, dame di compagnia. E devo ricominciare da capo. Ma con due gemelle è difficile, perché vede, e questo deve saperlo: loro si bastano».

E nel dire *si bastano* abbassò la voce, il tono si fece serio.

Entrammo in casa. Lavinia mi prese la mano e salimmo la scala che portava alla mia stanza.

7.

Tra me, Lavinia e Lucrezia si era creata una forte intesa.

Le bimbe erano educate, vivaci, però mai esagerate. Erano cresciute in un mondo sano e la madre e il padre erano stati, in diversi modi, attenti alla loro crescita e alla loro educazione. Non c'erano amichette da vedere: Lavinia e Lucrezia preferivano di gran lunga restare tra loro. Ma pensai che questo fosse il frutto dell'essere gemelle, di quel bastarsi di cui mi aveva accennato Alessandra.

Quel pomeriggio il nostro primo gioco fu quello di curiosare nei miei bagagli, vedere i vestiti, sistemare assieme nell'armadio tutto quel che mi ero portata. Le bimbe guardavano i miei abiti con interesse e divertimento. Qualcuno dei miei vestiti piacque a entrambe (e anche in questo tendevano a non distinguersi) e se non fosse stato che erano troppo grandi per loro li avrebbero provati con gioia.

Ma i vestiti non furono l'unica attrazione delle mie valigie. C'erano gli oggetti: la mia agenda nera e le fotografie che tenevo sempre con me, io bambina con i miei genitori, io a cavallo. A Lucrezia piacque la mia fotografia del giorno del diploma al Santa Cecilia, seduta al pianoforte.

Ci fu curiosità per qualche libro che sistemammo nella libreria della camera. C'era un'edizione de *L'Isola del tesoro* appartenuta a mia nonna. Lavinia mi chiese di leggerne alcune pagine, per lei e sua sorella, quella sera stessa.

Appena terminammo di sistemare la mia stanza mi portarono nelle loro. Ci sono due dettagli che però devo spiegare. Il primo è questo: per come era progettata la casa, il giardino era visibile da ogni parte. Il secondo dettaglio è che, mentre le bimbe mi portavano nelle loro stanze, notai Alessandra seduta in giardino. Non so dirvi il motivo ma fui colpita da questo: non aveva in mano cellulari, o tablet, non parlava e non leggeva neppure un libro. Era seduta in maniera compita su una sedia, per cui non si stava rilassando o riposando.

Potevo vederla solo di spalle, guardava davanti a sé, non si muoveva. Continuai a osservarla anche dopo essere entrata nelle stanze delle bimbe, due camere identiche, anche quelle, comunicanti: piene di fiocchi, di bambole di pezza, di libri per bambini, ma ebbi come la sensazione che quelle stanze non fossero pensate per loro, ma per un mondo che alle bimbe non apparteneva veramente. Erano stanze vezzose, studiate. Erano un'idea dell'infanzia che non esisteva piú e contrastava con quello che mi aveva riferito, raccontato e mostrato Alessandra la prima volta che ci eravamo viste.

Il suo voler condurre una vita borghese strideva con la sistemazione dello spazio, con il modo di isolare, perché di questo ebbi sentore da subito, le bimbe dal resto del mondo, con l'ostinazione a trasformare quella villa in un *finis terrae*, un luogo ultimo, una costruzione sofisticata e artificiosa che non aveva niente di comune, di semplice.

Eppure, come ho già avuto modo di far notare, non c'era mondanità in quel luogo, e uso la parola mondanità nella sua accezione piú precisa. Ovvero: non entrava "il mondo". In tutti quei giorni non ho mai visto amici, non si tenevano cene, cocktail, non ci hanno fatto visita altri bambini. Come se la famiglia Ordelaffi, la comunità che lavorava da loro, compresa io stessa dal momento che avevo varcato quel cancello con le mie valigie, fosse un *hortus conclusus*, un luogo autonomo, staccato e lontano dal mondo. Lontano come la cupola di San Pietro che si poteva vedere dalla finestra a oblò della villa, come fosse un miraggio, una fata morgana slavata, creando una distanza incolmabile da Roma, dalla storia, dal mondo.

Le bambine mi mostrarono i loro giochi e poi Lucrezia volle farmi vedere i loro quaderni. Era tutto normale, ordinato. Frequentavano una semplice scuola statale e i programmi, i compiti, i quaderni avrebbero potuto essere di qualsiasi bambino di questo nostro presente.

Alessandra in tutto quel tempo non si era mossa dalla sua sedia in giardino. Temevo avesse avuto un malore. Ma vidi Giulia uscire nel giardino e con quel suo passo deciso e al tempo stesso incerto avvicinarsi ad Alessandra. Giulia si voltò verso la nostra finestra, mi guardò: quasi a chiedermi una sorta di complicità. Sedette vicino ad Alessandra: cominciò a parlarle. Non sentivo quel che diceva, ma dal labiale capivo che erano parole importanti le sue. Non potevo vedere l'espressione del viso di Alessandra, che era di spalle, però Giulia le teneva la mano e le sentiva il polso. Pensai a una crisi di panico. In quel momento capii quanto fosse stretto il rapporto tra Alessandra e la sua collaboratrice Giulia.

Flora, la cuoca, uscí con un vassoio del tè. Lo poggiò vicino a loro, ma solo Giulia prese la tazza mentre parlava ad Alessandra, che però non restituiva lo sguardo fissando un luogo qualsiasi del giardino. Giulia aveva preso a guardare alternativamente Alessandra e poi me, come fosse preoccupata del mio giudizio. Avrei potuto chiedere? Capire il perché della scena che avevo davanti agli occhi?

Prima di continuare devo parlarvi di altri due aspetti che mi colpirono: non c'erano televisori o schermi di alcun tipo nella casa. Le gemelle non avevano computer, i telefoni cellulari erano spenti nelle loro stanze. Lessi questo come il solito snobismo di una certa classe intellettuale. Era prevedibile che la decisione fosse di Alessandra. Anche se mi sorprendeva che questa forma di privazione tecnologica, se posso chiamarla in questo modo, fosse accettata di buon grado e senza rimostranze dalle bambine. Ma era evidente che loro avevano interessi diversi e pensavano ad altro: i cavalli per Lavinia, il pianoforte per Lucrezia.

Fu Lucrezia a mostrarmelo poco dopo, portandomi nel lato della casa dove era stato sistemato. Non stava in spazi pensati per la convivialità (come potrei chiamarli altrimenti? Non erano stanze, non c'erano saloni, soggiorni, camere da pranzo, era un concetto di spazio diverso). Il pianoforte di Lucrezia, uno Steinway, era in un luogo che rispondeva alle esigenze di un'acustica perfetta, anche se un gran coda da concerto per una bimba di dieci anni poteva sembrare esagerato.

Ma quando Lucrezia sedette al pianoforte e prese a suonare rimasi di sasso. Eseguí, in presenza anche della sorella, un *Notturno* di Chopin, l'opera 48 numero 2. Non è un brano difficile, ma per una bimba di dieci anni mi apparve sorprendente, anche perché lo suonò molto bene.

Ma non fu soltanto questo a turbarmi: ci fu un dettaglio che mi avrebbe impressionato e lasciato senza parole. E per restare senza parole, dovetti aspettare la cena con Umberto. Alla fine, quando fu permesso a Lavinia e Lucrezia di alzarsi e andare nelle loro stanze, con Umberto e Alessandra si parlò delle bimbe e io volli esprimere l'entusiasmo e l'ammirazione per le doti musicali di Lucrezia che non esitai a definire straordinarie.

«L'insegnante di pianoforte di Lucrezia ha fatto un lavoro eccellente. Lucrezia deve essersi applicata molto, il *Notturno* che ha suonato oggi è impegnativo per una bimba di dieci anni».

A queste mie parole Umberto guardò interrogativo la moglie, e le chiese: «Era quel maestro che è venuto qualche volta da noi? Non è piú tornato vero? Come si chiamava?»

Alessandra, con naturalezza, si rivolse a me, rendendomi partecipe di quel discorso tra loro:

«Brignoli o forse Bagnoli, durò pochi mesi perché trovava scomodo spostarsi fino a qui. Cosí Lucrezia ha dovuto interrompere».

Aggiunse Umberto: «Le devo confessare, Margherita, che in questo né io e neppure mia moglie l'abbiamo seguita molto. Le nostre competenze musicali non vanno piú in là del Teatro dell'Opera all'apertura della stagione».

Quello che mi era stato detto non era spiegabile e non era logico. Non era possibile suonare in quel modo studiando il pianoforte solo per pochi mesi. Era del tutto, e non esito a utilizzare da ora in poi questa parola, soprannaturale. Mentre parlavamo sentivo addosso, da lontano, da qualche parte del giardino, lo sguardo di Gaetano. Ma era solo una suggestione.

8.

Visto che il racconto delle doti pianistiche della piccola Lucrezia mi ha costretto ad anticipare di quel poco l'arrivo in villa di Umberto, devo fare un passo indietro per continuare il racconto di quel pomeriggio. Mentre Lucrezia suonava, mi accorsi che Alessandra non era piú al suo posto, nel luogo del giardino dove stava seduta, come ci fosse un nesso tra la musica suonata dalla bambina e la sua assenza. Giulia, invece, era rimasta seduta sulla sedia, con l'espressione sconfortata di chi aveva appena litigato o ascoltato qualcosa di sgradevole.

Mi accorsi che Lavinia era insofferente al pianoforte della sorella, come la disturbasse, e per la prima volta vidi nel suo sguardo una vaga contrarietà. Non potevo capire: forse era un moto di gelosia, una richiesta di attenzione. D'altronde le doti agonistiche di Lavinia non mi erano ancora state mostrate. Se Miles, il suo cavallo, veniva tenuto in villa, Leo era ancora al maneggio per terminare l'addestramento. Fu questo il motivo per cui il primo giorno che arrivai le bimbe si trovavano lí. Presto avrei potuto prendere confidenza con Miles e con Leo. Ma in quel momento al centro dell'attenzione c'era Lucrezia, a discapito di Lavinia.

Trovai naturale che le gemelle fossero competitive tra loro. Pensai fosse un modo per distinguersi, per darsi una propria identità, ma ancora ignoravo che niente di tutto questo le interessava: non cercavano una identità propria, semmai il contrario.

Non dico che non mi facessi domande cosí nitide in un primo tempo. Dico che le risposte andavano tutte in un'unica direzione. Erano quelle giuste affinché io potessi farmi il quadro piú positivo e piú idilliaco possibile di quello che mi accadeva, che stavo vivendo, anzi che stavamo vivendo, tutti assieme, io con loro, e, scrivendo *loro*, avverto ancora un brivido.

Ho imparato a leggere il mare da quando sono a Perth. Delle volte l'oceano, quando il vento non è forte, mi aiuta a scrivere. Non c'era giorno migliore di questo per raccontarvi del mio incontro, in quel tardo pomeriggio, con Umberto.

Le bambine erano impegnate a incollare scampoli di stoffa su dei cartoncini colorati e dipingerci sopra delle storie. Le avevo lasciate sole perché doveva essere una sorpresa per me e per il padre che sarebbe arrivato.

Alessandra era in biblioteca con Giulia. Flora era impegnata a preparare la cena e il resto del personale si era ritirato dopo aver messo in ordine la villa.

Gaetano era andato a prendere Umberto all'aeroporto. Io feci una passeggiata in giardino aspettando che le bimbe finissero il lavoretto. Attraversai le siepi profumate e mi addentrai nel boschetto, lasciandomi alle spalle il laghetto artificiale. C'era un sentiero solo accennato, un breve tracciato di strada romana: si vedevano qui e là delle pietre levigate del tutto simili a quelle dell'Appia Antica, per lo piú coperte dalla vegetazione.

Addentrandomi mi trovai di fronte, con mia grande sorpresa, a un tempietto circolare. Era un semplice colonnato, con una cupola decorata. Avrei detto fosse rinascimentale. Nel tempietto c'era una statua. Raffigurava tre divinità vicine tra loro, in un unico blocco di marmo. Tre figure identiche che guardavano in direzioni diverse.

Non avrei saputo dire chi fossero. Pensai però che quel tempietto doveva essere lí da sempre, non mi sorprendeva fosse ben conservato, Alessandra lo doveva aver fatto restaurare. Mi avvicinai alla statua, assai piú alta di me: ognuna delle tre divinità teneva in mano una torcia. Guardando piú da vicino mi accorsi che quel marmo era romano, se non ancora piú antico, forse greco.

Non mi stupii affatto di quel tempietto. La campagna romana è piena di capolavori come quello e dopotutto, di fronte a tanta modernità architettonica, non mi dispiaceva che poco dentro il bosco ci fosse un gioiello rinascimentale che riportava dentro la storia antica tutta quella meraviglia di contemporaneità.

Lí la vegetazione era talmente fitta che non riuscivo piú a vedere la villa. Ebbi una lieve inquietudine, come se nell'aria ci fosse un vago pericolo. Ma sorrisi io stessa delle mie suggestioni davvero sciocche e mi incamminai verso la villa, ripromettendomi poi di chiedere ad Alessandra di quel tempietto e delle tre divinità identiche. Appena arrivai al grande prato, poco dopo aver oltrepassato il laghetto, vidi arrivare un fuoristrada: alla guida c'era Gaetano e accanto era seduto un uomo con una camicia bianca, non indossava la giacca e aveva i capelli biondi accesi dal sole del tardo pomeriggio d'estate.

Era Umberto.

Mi fermai, indecisa e imbarazzata: non sapevo se dovessi andare loro incontro o invece allontanarmi e lasciare che fosse poi Alessandra, al momento piú opportuno, a presentarci. Mi allontanai, sempre con quella sensazione di avere addosso, questa volta piú lontani, gli occhi di Gaetano. Andai verso il laghetto, allungando la passeggiata, e quando tornai verso l'ingresso della casa non c'era piú nessuno, sicché rientrai nella mia stanza aspettando di essere chiamata.

Non fu come mi aspettavo. Le bambine non vennero da me a mostrarmi i lavoretti e non ricevetti alcun messaggio di Alessandra con il quale mi si pregava di scendere. Passò piú di un'ora: per quanto non ci fosse un buon motivo, ero inquieta e spaventata. Cosa era accaduto? In fondo mi sentivo ancora in prova. Pensai addirittura che Umberto non sapesse neppure che ero entrata in qualche modo nella loro vita, che Alessandra non lo avesse informato della mia presenza. Ma capii che avevo smarrito ogni regola della buona educazione. Era ovvio: Alessandra mi avrebbe avvertito del momento della cena, non mi avrebbe mai chiesto di scendere in anticipo.

Le buone maniere di un tempo sopravvivevano tra quelle vetrate moderne e avrei conosciuto Umberto al cocktail poco prima di sedere a tavola. Fu cosí che sentii i gridolini di felicità delle bimbe, segno che il padre era entrato nelle loro stanze. In quell'istante vidi il personale portare una bottiglia a tavola, e poco dopo il mio cellulare mi avvertí che c'era un messaggio di Alessandra: «Quando vorrà sarò felice di presentarle mio marito e di prendere l'aperitivo tutti assieme».

Risposi che sarei scesa subito. Ero agitata. Uscii dalla stanza, andai verso la scala, da lí potevo vedere meglio il giardino. Umberto era vestito in modo informale. Mi parve alto. Esitai ancora, come se il poterlo vedere senza essere vista (ma questa era una mia illusione, in quel luogo chi vedeva a sua volta era visto) potesse darmi qualche vantaggio sulla mia timidezza.

9.

Umberto era seduto su una poltrona di vimini. Una delle gemelle gli si mise in braccio mentre l'altra correva, girando attorno a entrambi. Alessandra le guardava e parlava, ma non riuscivo a sentire. Scesi la scala, attraversai una delle grandi stanze e uscii in giardino. Mi apparve un uomo di una bellezza e di una eleganza, come raramente avevo incontrato nella mia vita. Era alto, dinoccolato, per nulla rigido, eppure capace di non esagerare troppo nell'informalità. Era un uomo di dettagli, lo si poteva capire bene. Era in maniche di camicia ma quando mi vide si alzò, indossò la giacca appoggiata sulla spalliera della poltroncina e mi venne incontro. Notai quei capelli biondi da attore, curati e al tempo stesso spettinati di quel poco che lo rendevano scanzonato. Notai le labbra, che non erano affatto sottili, e un sorriso perfetto.

Ma soprattutto mi colpirono quei suoi occhi azzurri e le mani: delle mani morbide, nervose, che ora riconoscevo e rivedevo, in piccolo, in quelle delle figlie.

Mi fece il baciamano, lo fece con un movimento fluido, niente affatto tronfio, o teatrale, ma fugace, rapido, senza retorica.

Alessandra ci osservava divertita a qualche passo di distanza. Le bimbe si erano fermate e ci guardavano.

«Umberto ha questa fissazione del baciamano» disse Alessandra.

«Lo trovo cortese. Non lo pensa anche lei, Margherita?»

«Ma è antico» ribatté Alessandra mentre versava il vino.

Non fui subito attratta da lui. Lo trovavo senza dubbio elegante, rassicurante, ma nella mia Camelot lui era come Alessandra: un genitore perfetto che aveva reso possibile tutto quello che stavo vivendo, la meraviglia che avevo attorno.

Eppure vedere Alessandra accanto al marito, mi sorprendeva. Pensavo fossero piú simili, di trovare piú complicità tra loro. Invece, anche se non certo in un modo evidente, c'era una piccola distanza, c'era quello che si può trovare in tutte le coppie, dopo qualche anno: una reciproca stanchezza, una vaga noia, un accenno di diffidenza. Oggi mi chiedo, e chiedo a voi, se non fossi io a voler vedere questo, se non fosse piú un mio desiderio anziché una realtà.

«Lo sa che Alessandra non ama il mare? Si tiene a distanza...» disse Umberto quando ormai eravamo arrivati al termine di una cena gradevole, dove le bimbe avevano già deciso di trattarmi come fossi una zia e avevano preso anche a farmi scherzi divertenti. Alessandra disapprovava, mentre Umberto si divertiva.

«Una moglie che non va a vela non l'avevo messa in conto. Poi però non mi fraintenda. È una donna straordinaria, per tutto il resto».

«Ne sono consapevole» risposi complice.

E lui: «Ma bisogna sempre scegliersi un bel difetto, anche uno solo, nelle donne che si amano».

Era lezioso, persino troppo. Tutto quel fascino iniziale, che si sposava con il baciamano e con il silenzio, si faceva meno evidente nel parlare, negli incisi, nei vezzi che ritrovavo in quel tipo di uomini, che peraltro conoscevo assai bene, e generalmente non mi piacevano.

Fui però sorpresa della mia stessa risposta: «Sono andata a Caprera per anni, ogni estate. Per me era piú naturale andare a vela che in bicicletta».

Era una gaffe perché senza averne la minima intenzione, sia detto, mi ero contrapposta ad Alessandra. Avevo risposto che ero una brava velista. Nel dirlo mi resi conto che la mia frase era davvero inopportuna, ma non riuscii a fermarmi. Potevo provare a rimediare e rivolgendomi ad Alessandra dissi che però la capivo, e aggiunsi: «Il mare è scomodo».

«Ah, questo è proprio vero» commentò Umberto.

E Alessandra rassegnata: «In famiglia mi hanno sempre rimproverato la mia scarsa agilità negli sport. Sono come Lucrezia. Mentre lui e Lavinia non si fermerebbero mai».

E Lavinia subito: «Vogliamo scalare il Cerro Torre».

Fui sorpresa.

Umberto si rivolse a me: «Lei conosce la Patagonia». Era un'affermazione, non una domanda. Come a dire: che sorpresa, lei conosce la Patagonia. E continuò: «Non ho piú tempo per la montagna, ma Lavinia ha trovato in casa un libro di fotografie del Cerro Torre e vuole scalarlo con me».

E Alessandra, rivolgendosi a me: «Lei si rende conto della follia?»

«È una vera impresa» risposi.

E Alessandra: «Oh sí, ma anche pericolosa».

Sfiorando il dorso della mano di Alessandra, Umberto mi guardò in un modo che mi turbò, tra il suo gesto nei confronti della moglie e lo sguardo rivolto a me c'era una dissonanza, una contraddizione, un confine non piú cosí rigido: «Ci vorrà tempo. Certo è ancora una bambina».

Lavinia lo guardò severa. Era la prima volta che vedevo quel suo sguardo adulto, non c'era niente di infantile in quell'espressione, persino la voce mi parve diversa.

«E invece ci andiamo la prossima estate» protestò.

Umberto rimase evasivo. Lucrezia e Lavinia si guardarono complici. Sentii un muoversi di fronde, lontano, era Gaetano: spingeva una carriola.

«Lavora anche la sera?» chiesi.

«Gaetano soffre il caldo, preferisce queste ore, anche se non c'è luce lui si orienta bene» rispose Alessandra.

«Lo ha conosciuto il nostro Gaetano?» chiese Umberto.

«Questa mattina» mi anticipò Alessandra.

Mi ricordai della mia passeggiata del pomeriggio e chiesi.

«Oggi ho visto quel meraviglioso tempietto...»

Alessandra fissò un luogo del giardino dove

non c'era nulla, Umberto sorrise a fatica, Flora, che in quel momento ci stava servendo il dessert, ebbe un'esitazione, ma soprattutto le due bimbe si zittirono all'improvviso. Mi guardavano come fossero una sola persona.

Alessandra disse: «Stiamo pensando di donarlo al Comune di Roma, portarlo a Villa Pamphili».

«Perché?» chiesi, e mi rivolsi a Umberto, che però lasciò continuare Alessandra.

«Perché quel tempietto fu costruito quando qui c'era la tenuta degli antenati di Umberto. È della fine del Cinquecento. Bello, certo, ma non c'entra nulla con la nuova storia di questo luogo».

«È come fosse nascosto» commentai.

«Perché ho fatto piantare alberi alti e frondosi, prima si poteva vedere dalla casa».

«Ma la statua delle tre divinità? Quella è antica».

«Non sono tre divinità» rispose Umberto. «È una sola. È Ecate, la dea dei crocicchi e dei trivi. Fu trovata nella prima metà del Seicento proprio qui, dove ora c'è la casa, era sotto tre metri di terra. Un magnifico marmo romano. La misero al centro del tempietto. Ancora tre settimane fa il British mi ha fatto un'offerta lusinghiera per quella meraviglia».

Alessandra scosse la testa: «Io l'avrei venduta».

Umberto la guardò affettuoso: «È impossibile. Lo Stato eserciterebbe un diritto di prelazione, e comunque sono affezionato a Ecate. Piaceva anche a Koolhaas, te lo ricordi? Voleva fosse visibile dalla villa». Poi in tono scherzoso, accentuando la solennità della frase: «Ecate sorveglia la villa. La villa rende omaggio a Ecate».

Ma le bambine stavano guardando Alessandra Era uno sguardo di rimprovero. Lo capisco soltanto oggi. In quel momento pensai che eravamo ancora ai cavalli, al pianoforte e al Cerro Torre.

Ma Ecate sorvegliava la villa non certo perché era la dea dei crocicchi.

10.

Alessandra aveva un carattere lunare, ambivalente. Se in un primo momento la trovai intensa e solare, schietta e affettuosa, dovetti ricredermi in pochi giorni. Non dico che non ci fosse anche questo, ma c'era molto altro.

Mi sorprese la difficoltà di rapportarsi alle figlie, che quando potevano la lasciavano in pace. Mi colpirono i suoi rapporti con la servitú: era temuta e al tempo stesso protetta, come si fa con una persona che non sta bene. Talvolta Alessandra aveva comportamenti ingiusti. Non metteva a proprio agio le persone che lavoravano per lei, trovava pretesti per un rimprovero, per quanto garbato, per un muto dissenso.

Con Giulia però era diverso. Era Giulia a proteggere Alessandra, alle volte ad accompagnarla nelle sue passeggiate. Quando le vedevo assieme, Alessandra sottobraccio a Giulia, mi accorgevo che la sua assistente le parlava e sorrideva in modo complice. C'era un'intesa tra loro, e questo mi piaceva. Eppure non era un rapporto equilibrato. Ero gelosa di quel loro modo di stare assieme. Giulia aveva un'influenza, un potere su Alessandra che avrei voluto avere io.

Ma dovete sapere che Alessandra nei miei confronti era cambiata, e in pochi giorni. Il mio compito iniziava e finiva con le bimbe e non gradiva troppo la mia voglia di propormi come dama di compagnia. Non era sgarbata, ma neppure accogliente. Inoltre mi accorgevo che lei, assieme a Giulia, vigilava sui miei movimenti, osservava tutto quello che facevo.

Il suo matrimonio con Umberto era benedetto dall'amore, ma doveva essere un amore che riguardava piú lei nei confronti di Umberto e non viceversa. La forzata lontananza talvolta cambia gli equilibri di coppia, anche se non avevo abbastanza esperienza per affermarlo con certezza. Non capivo ancora che Alessandra non stava bene e che Umberto la proteggeva, tutti la proteggevano.

Per quei giorni non ebbi occasione di avvicinare Gaetano. Ma il mattino dopo la nostra prima cena, era di sabato, mentre le bimbe erano uscite per una passeggiata a cavallo con il padre nel parco, mi ritrovai per caso accanto al roseto e presi a osservare il lavoro di Gaetano: stava facendo delle talee e le stava ripiantando.

Mi interessai alla procedura della propagazione delle rose. Gli feci molte domande e lui rispose di buon grado. L'avrei detto piú riservato e poco cortese, invece mi spiegò tutto, mi mostrò come andava tagliato il rametto da cui ricavava la talea. Mi spiegò che andava fatto a luglio, al massimo nei primi giorni di agosto, perché dopo non era piú il tempo.

Fu una gradevole chiacchierata. Mi promise che verso la fine di agosto avrebbe piantato delle rose che si potessero vedere dalle mie finestre e mi chiese di quale colore le avrei volute. Risposi che le mie preferite erano le rose gialle.

«Sono quelle preferite anche dalla signora Alessandra» disse Gaetano. «Siete uguali in tante cose».

Osservando meglio quelle del roseto, però, scoprii, con suo grande divertimento, che dire rose gialle significa assai poco, perché le sfumature sono diverse. Avrebbe creato per me diversi cespugli di piccole roselline che avrei potuto ammirare tutto il giorno.

Fu un sollievo scoprire che i miei pregiudizi erano dettati da certe mie antiche paure. Quell'uomo era riuscito a tenere per sé un dolore immenso, senza che questo lo cambiasse. Non era semplice, ma sapeva comportarsi in maniera solare e poi amava i suoi fiori: e come si può dubitare di un uomo che ama i fiori?

«Signora Margherita, tutte le volte che ha bisogno di un consiglio io sono a sua disposizione» e dicendolo si congedò. Ma prima scelse per me una gardenia. Era un gesto delicato, cortese. Lo ringraziai e presi a passeggiare, sollevata e felice, per il giardino.

Umberto era ancora con le bimbe. Alessandra era andata con Flora al paese vicino per comprare dei prodotti contro le zanzare. La giornata si annunciava serena. Non era troppo caldo, ma a quell'ora, credo fossero passate le undici da poco, il sole di luglio era forte e andai a cercare l'ombra dentro il bosco.

Pochi passi e arrivai al tempietto. E, curiosa di quanto avevo sentito la sera prima, salii i gradini e mi avvicinai al marmo romano. Giravo attorno a quella dea a tre teste, perché ormai avevo imparato che si trattava di una dea a tre teste, e mi chiedevo perché dovesse proteggere i crocicchi e le strade, gli incroci, insomma luoghi per cui non sembrava necessario prevedere l'intervento protettivo di una divinità. Erano pensieri leggeri; risi persino di quella stranezza che solo gli antichi potevano capire fino in fondo.

Potevo permettermi di accarezzare quel marmo, come se i polpastrelli non solo potessero misurare il tempo, ma addirittura avessero il potere di sentire la storia dentro qualcosa che arrivava da millenni lontani. E mentre accarezzavo quella statua immersa in un luogo nascosto, guardai davanti a me: come un presagio, una necessità. Mi è difficile spiegarlo: ero concentrata, ammirata, eppure sapevo che c'era qualcuno, vicino, a meno di dieci metri da me, dove iniziava la vegetazione, sul limitare del tempietto, perché tra il tempietto e il bosco c'era uno spazio dove era stata riversata della ghiaia per tenere lontane sterpaglie e piante infestanti.

Per quanto possa apparire inverosimile, le voci lontane erano sparite all'improvviso e ancora una volta era sceso il silenzio. Le foglie erano ferme nonostante un leggero vento di tramontana.

Allora guardai. E lo vidi.

Sperai fosse Gaetano, che si era fermato a osservarmi, sorpreso di vedermi abbracciata alla statua di Ecate. Invece era un ragazzino. Soltanto ora so che, contrariamente a quello che si pensa, i fantasmi non si presentano in un modo inequivocabile: non hanno vestiti antichi o stracciati, non si mostrano come dei cadaveri in putrefazione, non sono slavati o inconsistenti. L'unico aspetto che li distingue dalle persone in vita è che non hanno ombra. Possono vestire in modo moderno, o indefinibile, assomigliare a qualcuno di ben conosciuto o non assomigliare a nessuno. Ma lo sguardo non è di questo mondo. È lo sguardo di chi conosce piú cose in terra e in cielo di chiunque altro: di chi sa, di chi veramente sa.

Vidi un ragazzino vestito di nero, con un gran colletto bianco, all'antica. Aveva i capelli scuri pettinati all'indietro, con dei riflessi rossicci. Teneva le mani unite davanti a sé come fanno i religiosi quando pregano per le navate o per i chiostri. Aveva un naso importante, un naso diffidente. La carnagione era chiara con delle chiazze rosse sulla pelle del viso. Non pensai a un amico delle bimbe. Intanto perché era piú grande, avrei detto che aveva attorno ai tredici anni, e poi perché al suo apparire si era creato un mortale silenzio.

Quel ragazzino mi guardava fisso: mi girava intorno senza mai perdermi di vista. Ma non si avvicinava: percorreva lentamente il cerchio di ghiaia attorno al tempietto.

Quando mi passò davanti mi apparve un altro uomo. Si deve capire quel che intendo con il verbo: apparire. Vuol dire mostrarsi all'improvviso. Il nostro tempo, il tempo che scorre mentre viviamo, prima c'è, poi non c'è piú. Ma il prima e il poi non sono nulla in quei momenti. Non esistono.

Per questo il silenzio era mortale, perché era eterno, inafferrabile e al tempo stesso concreto, presente, profondamente corrotto: quello che stavo vedendo era orribile. L'uomo apparve dietro il ragazzino e gli mise la mano sulla spalla, come a fermarlo. Il ragazzino non aveva smesso di guardarmi.

Si fermò continuando a fissarmi mentre l'uomo dietro di lui mi era di fronte. Era vestito in un modo elegante, ma era un'eleganza desueta. Non saprei dire quanto desueta, portava la barba con un pizzetto a punta, e mostrava uno sguardo severo, con un leggero sorriso di scherno. Ma quel che piú mi colpiva dell'uomo era un fiocco che teneva chiuso il collo della camicia: un fiocco nero, largo, di seta, come quelli che portavano gli artisti nell'Ottocento.

Con quell'uomo ci guardammo. Non so dirvi quanto durò, mi sembrò un'eternità ma invece dovevano essere pochi attimi. Due pappagallini presero a volare assieme, le foglie ricominciarono a muoversi. Persi di vista un istante le due figure diaboliche e quando tornai a guardarle non c'erano piú. Apparse e sparite dentro il bosco, o ancora peggio: nel nulla da dove provenivano.

Mi lasciai cadere sui gradini del tempietto, cercai di respirare ma tremavo. Non avevo mai creduto ad apparizioni e tantomeno ai fantasmi. Non avevo mai avuto visioni, né percepito stranezze. Ero vissuta fino a quel momento in un mondo razionale, moderno. Ma quando ti appare un fantasma, e in questo caso erano addirittura due, non ti chiedi se è vero, non esprimi il beneficio del dubbio, non fai un passo indietro, non ti appelli alla ragione. Sai che è cosí e non può essere altrimenti.

Non riuscivo a rialzarmi. Ero appoggiata a una colonna del tempietto e guardavo ancora davanti a me, dove le due figure erano scomparse all'improvviso, e fu allora che mi trovai davanti Umberto. Le gemelle erano tornate da tempo e nessuno sapeva dove io fossi. Avevano pensato a una passeggiata, avevano servito il pranzo, ma erano preoccupati della mia sorte.

Gaetano era andato a cercarmi nel lato del parco dove c'era il parcheggio. Alessandra, accompagnata da Giulia, a sud, verso la collinetta, dove la vegetazione era piú fitta. Umberto aveva superato il laghetto artificiale, ma senza arrivare al tempietto, perché a suo avviso era un luogo che avevo già esplorato. Invece dopo tanto cercare mi aveva trovato proprio lí.

Mi vide pallida, spaventata, incapace di alzarmi. Fu davvero affettuoso: mi prese e mi rimise in piedi. Gli dissi di un capogiro, di uno svenimento (e se fossi svenuta veramente? E se per tutto quel tempo, dopo le apparizioni, io fossi rimasta priva di sensi?). Si preoccupò subito di mandare un messaggio al medico delle bambine che viveva in paese.

Mentre tornavamo verso la casa, il medico chiamò e si rese disponibile per una visita. Ci raggiunsero anche Gaetano e Alessandra. Erano tutti affettuosi e preoccupati.

E le bambine? Le bambine che avrei immaginato piú preoccupate di tutti, pronte a chiedermi, ad avvicinarsi, persino a viziarmi? Lavinia e Lucrezia erano in piedi, ferme, davanti alla porta di casa. Erano di una serietà che mi fece pensare fossero davvero spaventate. Ma c'era nel loro sguardo un astio, una beffa, un avvertimento, persino una minaccia che percepii con una chiarezza senza appelli. Soltanto chi aveva visto quel giovane e quell'uomo poteva sapere che gli sguardi erano simili a quelli delle gemelle, sguardi che si specchiavano in qualcosa di oscuro, che avrebbe convinto chiunque a scappare via da quel posto, già al secondo giorno di lavoro.

Ma non lo feci. Aspettammo il medico, anche se già rassicuravo tutti sulle mie condizioni e li pregavo di non preoccuparsi per me. Ma non ci fu verso di far loro cambiare idea.

Gaetano mi osservava guardingo restando piú lontano. Umberto mi sorprese: avevo notato che mentre mi accompagnava verso la casa, non solo mi sorreggeva, ma era come mi volesse abbracciare. Quando mi fece stendere sul divano notai che mi guardava in un modo diverso: accudente eppure seduttivo. Ma in quel magma confuso, i gesti seduttivi si confondevano e potevano avere la consistenza dei sogni.

Umberto mi accarezzò i capelli, piú volte. Lo faceva per rassicurarmi. Io mi emozionai, arrossii. E lui, commentò, fingendo si trattasse di altro: «Sta riprendendo colore, per fortuna. Era davvero pallida, Margherita. Anche se il pallore le giova».

Cercava di sdrammatizzare. Ma non poteva sbagliarsi sul mio rossore, un rossore dovuto unicamente alle sue carezze, e la battuta scherzosa sul mio pallore la presi come un apprezzamento. Mi avevano portato dell'acqua, lui mi bagnò i polsi. Nel farlo li massaggiò, senza fretta, tenendo le mie mani tra le sue, quello stesso gesto che gli avevo visto fare con Alessandra.

Poi prese un cuscino per sollevarmi le gambe. Cercai di non pensarci, ci riuscii. Ma la soglia, il confine, a suo modo era stato superato, come al tempietto era stato superato il confine tra mondo visibile e invisibile.

Quando arrivò il medico e mi visitò, il mondo ormai era in disordine, non c'era verso che io riuscissi a far chiarezza su quanto era avvenuto: sia al tempietto sia con Umberto. E oggi non so dirvi cosa mi spaventasse di piú.

In tutto quel tempo Alessandra aveva mostrato turbamento. Era rimasta in disparte, a distanza, assieme a Giulia. Parlavano tra loro e mi guardavano. Poi Giulia la pregò di sedersi. Alessandra era pallida quanto me, sembrava ci fosse una sorta di empatia, di simmetria tra noi: come se lei fosse capace di sentire quello che sentivo io. Avevo addosso il suo sguardo: mi pareva stanco, preoccupato.

Non dovevo andare al tempietto e accettare l'aiuto di Umberto, un aiuto che lo aveva portato, per forza di cose, ad avvicinarsi a me. Ma erano solo miei pensieri confusi. Alessandra era di certo spaventata e non era il tipo di persona capace di assistere qualcuno. Toccava a Umberto farlo, e Umberto fece il suo dovere.

Il resto erano mie fantasie.

Il medico era un uomo tranquillo. Un medico di famiglia pacato e rassicurante. Mentre mi misurava la pressione, disse: «È bassa... Soffre di pressione bassa?»

«Sí, in famiglia abbiamo tutti la pressione bassa».

Il medico sorrise: «Non si deve preoccupare: di pressione bassa non è mai morto nessuno. L'unico inconveniente è che alle volte si sviene».

Appena congedato il medico, Umberto mi pregò di ritirarmi in camera e riposare. Quando avrei voluto, nel caso mi fossi sentita meglio, mi avrebbero fatto portare il pranzo. Fu proprio lui ad accompagnarmi, aiutandomi a salire le scale, ma già ero tornata in forze e ora provavo un senso di disagio e al tempo stesso di attrazione.

Appena mi stesi sul letto capii che stare sola non era una buona idea, e non fu una buona idea guardare oltre la vetrata della mia stanza, quella che dava sul giardino.

11.

Vidi un gioco. Lavinia e Lucrezia si rincorrevano nella parte di giardino davanti al mio letto. Forse lo facevano abitualmente, ma Alessandra mi aveva detto che da quella parte passava ogni tanto soltanto Gaetano: lí, all'inizio della collinetta, il terreno era irregolare, non era in piano e non c'era il prato.

Ma non fu il loro rincorrersi a spaventarmi: le bambine sapevano che da quella parte del parco, su quel lato del giardino, c'erano le grandi vetrate della mia stanza, e sapevano che io le potevo vedere. Ogni tanto si fermavano, si voltavano verso di me e sorridevano.

Qualunque persona con un rapporto sano con il mondo lo avrebbe trovato naturale: le bimbe mi mostravano i loro giochi, la loro serenità, scherzavano, voltandosi e guardandomi. Ma in realtà si trattava di una sfida: loro sapevano cosa avevo visto al tempietto. Si stava instaurando una complicità tra me e loro: silente, inquietante.

Sedetti sulla sponda del letto, presi un bicchiere d'acqua. Mentre bevevo scossi la testa come a dire a me stessa: sono pensieri assurdi. Cominciai persino a dubitare di quello che avevo visto. Se avevo avuto un malore, e il medico me lo aveva confermato, allora nel tempo in cui avevo perso i sensi dovevo aver fatto un sogno. Nel sogno mi erano apparse quelle due persone. Nulla piú. Avrei dovuto riferire la cosa a uno psichiatra: sarebbe stato piú utile, anziché mettere in piedi quella fantasia, quel teatro di fantasmi.

Questo pensiero mi aiutò a farmi sentire meglio. Ora sapevo che in quel momento non ero sveglia e che quasi sempre gli incubi piú spaventosi appaiono come i piú nitidi e veritieri. Le bambine stavano correndo tra loro: quello che si fa di solito quando si è dei bimbi vivaci con un bel parco a disposizione. Naturale che ammiccassero poi a me, come a chiedere: appena stai meglio torni a giocare con noi? Cosa poteva esserci di inquietante e misterioso in questo?

Piú si allontanava la visione del tempietto e piú si faceva strada dentro di me l'emozione per Umberto. Mi convinsi che le sue non erano altro che gentilezze, cortesie. Non avevo niente da temere, anche da me stessa.

Riguardo al mio malore: non potevo dire fosse la prima volta. Mi era già accaduto in estate, quando nelle giornate piú calde la mia pressione non superava i settanta. E se non mi era ancora capitato di fare sogni terribili era perché mi avevano subito messo sotto il naso dell'ovatta imbevuta di aceto.

Se invece al tempietto ero rimasta un'ora, o forse anche di piú, priva di sensi, avrei potuto, come si dice in questi casi, far riaffiorare i fantasmi della mia mente. Un'incresciosa circostanza agevolata dal fatto che la sera prima, tornando in camera dopo la cena con Umberto, Alessandra e le gemelle, ero stata presa dalla curiosità per la dea del tempietto. Avevo letto che Ecate era sí la divinità dei crocicchi, ma, e riporto la parte di testo che mi ero copiata e incollata negli appunti del mio cellulare,

> possedeva la capacità di passare dal mondo dei vivi a quello dei morti ed era *psicopompa,* cioè accompagnava uomini ancora in vita nel regno degli inferi. Protettrice delle strade, degli incroci e dei passaggi, le sue statue e altari si trovavano davanti alle case o lungo le vie, come protezione per i viandanti. Il corteo che la accompagnava era composto da spettri e cani ululanti: per tale ragione si usava mettere offerte di cibo agli incroci delle strade, per renderla benevola, in particolare l'ultimo giorno di ogni mese, a lei dedicato.

Avevo preso per buona la parte benevola di questa storia e per quella sera non ci avevo pensato piú. Il mito di Ecate, però, dovette affiorare nel momento in cui la mia coscienza era stordita, perché i sogni e l'inconscio funzionano in questo modo. Quasi mi divertí che fosse accaduto: fu un modo per vincere la paura. Decisi perciò che sarei scesa dalle bambine e avrei raccontato loro tutte le mie fantasie. Ma subito cambiai idea, per due motivi.

Il primo era che una delle due bimbe vedendomi in piedi si fermò, chiamò la sorella, mi indicò, seria, con l'indice e cominciò a scuotere la testa. Il gesto poteva voler dire che la loro nuova baby sitter, uso questo termine improprio per capirci, stava commettendo un'imprudenza, che era meglio restassi distesa piú a lungo.

Fu però il loro sguardo a colpirmi: non parevano delle bambine ma delle piccole donne adulte, e solo una delle due, credo Lucrezia, scuoteva la testa. L'altra sorrideva e basta. Non era affatto un bel sorriso, ebbi un brivido profondo, poi io stessa decisi di sorridere a loro: un sorriso aperto, rassicurante, ma le gemelle rimasero immobili e si fecero ancora piú serie.

E questo non fu nulla. Su questo avrei potuto trovare delle spiegazioni accettabili, avrei persino potuto chiedere alle bimbe cosa significasse quel gioco e perché mi facessero quei cenni e mi rimproverassero, per usare il termine piú vicino al significato di quello sguardo. Anzi ero certa che lo avrei fatto, in modo giocoso s'intende, lo avrei fatto scendendo le scale e uscendo dalla parte dove stavano loro, senza mostrarmi subito in piedi e in salute ad Alessandra e Umberto.

Però, mentre prendevo questa decisione, vidi con la coda dell'occhio, non lontano dalle bambine, una figura nera, accanto a un albero. Sapevo già, prima di guardare meglio, che non si trattava di Gaetano. Era dietro alle gemelle, ed era lo stesso uomo che aveva messo la mano sulla spalla del ragazzo. E mi guardava, guardava proprio me, da giú. Le bambine non si voltarono verso di lui e io sperai che non si voltassero per nessuna ragione al mondo. Cosí sorrisi, salutai, provai a fare in modo che guardassero solo me. Ma le bimbe non risposero al saluto e seguitavano a guardarmi. Mentre l'uomo in nero aveva un debole sorriso e sembrava che i suoi occhi vedessero tutto, quello che c'era e quello che non c'era, il visibile e l'invisibile.

Riuscii a non cadere svenuta afferrandomi al bordo dello scrittoio. Riuscii a non urlare. E in quel momento sentii bussare alla mia porta. Ebbi un soprassalto, un altro terrore ancora. Pronunciai un "sí" che doveva essere straziante perché Umberto spalancò la porta senza neppure chiedere il permesso, era certo stessi male.

«Margherita, come sta? Perdoni se entro in questo modo, ma il suo urlo...»

Sperai che non guardasse fuori ma invece lo fece.

«Ho sempre detto alle bambine di non giocare da questa parte. Il terreno è in discesa, e poi ci sono tutte le rose di Gaetano, spine incluse».

Sorrise. Io guardai fuori e le gemelle avevano ripreso a giocare come se niente fosse. Senza guardare dalla nostra parte, senza voltarsi, ma anche facendo chiasso e ridendo.

Umberto aggiunse subito, come a scusarsi: «Avevo pregato le bambine di non disturbarla con i loro giochi sotto la sua finestra».

L'uomo in nero non c'era piú.

«Sta meglio, Margherita?» chiese. E ancora una volta si avvicinò come volesse abbracciarmi.

«Meglio, grazie» risposi. Forse sperando che lo facesse.

«Alessandra ha ordinato di servire il pranzo, ci dispiaceva lasciarla sola. Con Alessandra e Giulia l'abbiamo aspettata, se la sente?»

Piú parlavo con Umberto piú scacciavo i fantasmi della mia mente. Le bambine ci avrebbero tenuto compagnia, almeno per il dolce, vederle con i genitori mi avrebbe fatto sentire piú sicura. Nonostante tutto, continuavo a credere che i miei sensi fossero scossi, e quel che avevo visto fosse soltanto la proiezione delle mie paure.

Risposi a Umberto che sarei scesa con lui. Non volevo rimanere in quella stanza da sola, temevo ancora che le bambine avrebbero ripreso a guardarmi in quel modo e l'uomo in nero, e forse anche il ragazzo, mi sarebbero riapparsi. Uscii dalla stanza, presi sottobraccio Umberto e scesi le scale con lui. Evitai di guardare fuori dalle finestre.

12.

Il pranzo fu garbato, le bambine si dimostrarono affettuose. Si scherzò con Umberto sulla mia salute cagionevole e questa volta Alessandra non si irrigidí ma partecipò al gioco, incoraggiata anche da Giulia. Alessandra raccontò storie di famiglia divertenti: quando c'era Giulia appariva diversa, piú aperta, meno impaurita. Ma io avevo occhi solo per Umberto. Lui mi calmava, scacciava i miei fantasmi, a suo modo mi teneva lontana da quel mondo orribile che mi era apparso.

Fu proprio Giulia a chiedermi come mai mi trovassi al tempietto, fu lei – incautamente – a riaprire il discorso. E in quel momento mi parve di leggere un velo sul viso delle bimbe. Risposi la verità: volevo vedere meglio quel marmo antico. Dissi che avevo letto della storia dei crocicchi, degli spettri e del regno dei morti, ma lo feci come volessi difendermi da conseguenze che mi avrebbero spaventata, e solo quando le bambine erano tornate sul prato a giocare. Ricordo che Giulia disse: «Per fortuna nelle case moderne ci sono tanti problemi, ma non i fantasmi». Poi aggiunse che forse ai problemi avrebbe preferito i fantasmi, «impegnano meno». L'atmosfera era tornata lieve e mi illusi che fosse tutto finito.

La domenica mattina andai con Lavinia e Umberto alle stalle dei cavalli e montai Miles. Fu emozionante. Miles era un cavallo magnifico, fiero, cosí intelligente da sapere sempre come comportarsi. Attraversammo, tutti e tre a cavallo una parte della tenuta che aggirava la collina. Salimmo, il panorama era splendido, potevo vedere la valle del Tevere e spingermi fino al monte Soratte, un gigante, un monte isolato nella campagna romana che pare ancora piú alto di quanto lo sia davvero.

La presenza di Umberto mi emozionava. Mi resi conto che ormai provavo un trasporto sentimentale nei suoi confronti. Anche se lo avrei tenuto a bada, questo era sicuro. Finii per convincermi che Umberto potesse a sua volta nutrire interesse per me. In quella passeggiata a cavallo mi accorsi del suo modo di guardarmi. Il modo di un uomo che pensa a te quando non sei con lui.

Mi illusi della mia stessa illusione: era solo un desiderio, ero certa che quel desiderio fosse inopportuno, che le mie stesse illusioni fossero inopportune. Ma speravo, come una ragazzina sciocca – e non ero piú una ragazzina da tempo – che lui si rivelasse realmente sfrontato, che fosse un suo dovere farlo. Sarebbe stato difficile non cedere al suo corteggiamento. Anche perché la sua presenza mi calmava: lui scacciava via il ricordo di quei fantasmi.

Quella sera stessa Umberto partí per Londra e appresi con dispiacere che non sarebbe tornato il fine settimana successivo, era impegnato in un convegno a Parigi.

In quei quattordici giorni tutto sembrò fermarsi. Le bambine erano sempre piú entusiaste della mia compagnia e io della loro. Diedi lezioni di pianoforte a Lucrezia, che non ne aveva alcun bisogno ma era cosí cortese da seguire ugualmente i miei consigli. Le aiutai per i compiti delle vacanze e diedi una mano a Gaetano per travasare certe rose in vasi piú grandi.

Con Gaetano era un accenno continuo, un sapersi senza dirsi, uno spiegare uno stato d'animo senza andare in fondo al racconto. Lo trovavo giusto. Per lui rivelarmi quello che gli era accaduto sarebbe stato riaprire una ferita, per me un motivo di imbarazzo. Ci capivamo, e questo bastava.

Con Alessandra fu diverso. C'era rispetto, ma non ci capivamo troppo. Alessandra vigilava su quello che facevo con le bambine, e interveniva, suggeriva e alle volte imponeva. Io lo avevo messo in conto: con una donna come lei, con la sua cultura e la sua personalità, era comprensibile accadesse. Però alle volte poteva essere sgradevole. Inoltre quel suo sedere in giardino per ore, guardando nel vuoto, mi inquietava, non riuscivo a spiegarmelo.

Giulia c'era sempre e le parlava. Ma non potevo chiedere a nessuna delle due il perché di quel comportamento, ed evitavo di avvicinarmi quando stavano sedute in giardino. Peraltro Giulia non mi cercò per quel tè che aveva detto di volersi prendere assieme a me. Forse aveva cambiato idea e questo non mi fece piacere. In tal modo, senza che io lo volessi, riaffiorò in me la diffidenza che avevo provato nei suoi confronti quando l'avevo incontrata la prima volta.

E poi c'era il tempietto, il tempietto che non riuscivo a dimenticare. Quando stava seduta, Alessandra guardava in quella direzione. O almeno questa era la fantasia che mi ero fatta, che provvedevo a scacciare subito, però, come una delle mie bizzarre costruzioni mentali. Non tornavo piú al tempietto per una ponderata scelta razionale, mi dicevo. Mentivo a me stessa: non tornavo perché ne ero spaventata.

Mi chiesi in quei primi giorni di agosto come mai nelle loro scorribande per il giardino le bambine non andassero mai in quella direzione. Mi sembrò anche strano che una famiglia cosí abbiente non avesse un'altra casa in un luogo di mare o di montagna dove trascorrere dei giorni di vacanza. Talmente strano che il mio riserbo e la mia discrezione ebbero una piccola incertezza. Non potevo chiedere il perché ad Alessandra, e finii per domandarlo ad Angelina, una mattina che era salita a portarmi i quaderni dei compiti delle vacanze, lasciati in disordine dalle bimbe nel soggiorno. A quella mia domanda alzò le spalle.

«Signora Margherita, da quando sono in questa casa, non ho mai visto la famiglia andare in villeggiatura».

Presi coraggio.

«Ma nemmeno le bambine lo chiedono?»

«Che io sappia no. La signora riesce a dormire solo in questa casa. Dice che non può andarsene».

Ero stupita.

Lei scrollò la testa: «Oh, signora. Ce ne sono di stranezze qui. Alla fine dell'anno me ne torno a Tivoli. Lo sapete quanti anni compio? A febbraio sono settantasei e anche io ho bisogno di riposo».

Le dissi che non li dimostrava. Una cortese menzogna, poiché aveva una ragnatela di rughe sul viso.

«Non me lo dite, sono piena di malanni» aggiunse lei.

Mi aveva mostrato una sottile complicità, cosí non riuscii a frenarmi.

«Stranezze ha detto?» chiesi.

Aveva un'espressione stanca: «Oh, niente di grave, ma alle volte la signora Alessandra non sta bene. La signora Elena, la mamma del signor Umberto, non voleva che venissero ad abitare qui. Ma la signora Alessandra si è impuntata. Allora la signora Elena mi ha mandato in questa casa per badare alle gemelle. Ora, però, siete arrivata voi e posso tornarmene a Tivoli».

E dicendolo chiese scusa con un cenno e uscí dalla stanza. La sentii scendere le scale: per quanto lo negassi a me stessa, in quel luogo non avveniva niente di chiaro.

Eppure mi ostinai a credere che la ragione trionfa sempre sulle paure e che non potevo pretendere da una donna, cresciuta in un mondo di superstizioni, niente di piú di quello che mi aveva riferito. L'unica concessione che potevo farle era sullo stato di salute di Alessandra. Quelle sue crisi, che, avrei poi capito, avvenivano sempre piú spesso, non potevano rassicurarmi.

Riguardo alle bambine, ve lo confesso, la mia educazione e il mondo in cui sono stata cresciuta mi hanno influenzato. Io stessa ero una bimba seria, severa. Mia nonna diceva che avevo un'espressione adulta e consapevole già a pochi mesi di vita. I miei occhi parlavano, ma piú che parlare, come affermava mia madre, «asserivano».

Mi convinsi che le bimbe erano come me, mi convinsi che Alessandra era una donna malata, mi convinsi che Giulia riusciva a sorreggerla e ad aiutarla, mi convinsi che Umberto era l'uomo che qualsiasi donna avrebbe voluto accanto. Ed ero ormai certa che Umberto avrebbe dovuto amare una donna che gli restituisse la bellezza del mondo che meritava.

13.

Un giovedí di agosto che era preludio al ritorno di Umberto, aprii una raccolta di poesie che mi era cara. Le bambine erano rapite dai libri che a loro volta stavano leggendo. Lavinia era nel letto di Lucrezia.

Alzando gli occhi dal libro lo rividi: il ragazzino era in piedi davanti alla finestra, nel giardino.

Cercai di scacciare quell'immagine come fosse un'allucinazione, ma non mi riuscí. Fu allora che le due bambine, che parevano immerse nei loro pensieri, si alzarono e andarono alla finestra. Rimasero a guardare come se nulla fosse. Io non riuscivo a capire, ma loro capivano eccome: comunicavano tra loro con gli occhi.

Lo sguardo di Lucrezia incrociava quello del ragazzino e si sorridevano, mentre le occhiate rivolte a me erano fugaci e ambigue. Lavinia, con le spalle alla finestra, si preoccupava che continuassi a leggere per non accorgermi delle espressioni di Lucrezia verso il ragazzino e verso la sorella.

Le bimbe avevano il controllo di quanto stava accadendo. La loro unica preoccupazione era quella di indurmi a pensare d'essere di fronte a qualcosa di inesistente, prodotto solo dalla mia psiche malata. E devo ammetterlo, riuscirono a convincermi: avevo bisogno di loro, della loro stabilità, della loro capacità di giostrare gli eventi che avvenivano attorno a noi.

L'errore lo feci solo mezz'ora dopo, quando addormentate le bambine (ma fui ingenua nel pensare dormissero), decisi di non tornare nella mia camera, ma di scendere in giardino a cercare il ragazzo, l'uomo in nero, e forse coloro che non si erano ancora rivelati. Mentre vagavo per il prato senza avere il coraggio di raggiungere il tempietto, che ormai sapevo essere il luogo da cui quelle presenze provenivano, mi ritrovai di fronte Gaetano.

Mancava poco a mezzanotte. Secondo le sue abitudini Alessandra dormiva da qualche ora, la casa era immersa nel buio e nel silenzio, interrotto soltanto da nitriti, di Miles, o di Leo.

«È Leo, non Miles. Io li riconosco» mi spiegò Gaetano.

Non mi aveva chiesto per quale ragione mi trovassi in giardino, in camicia da notte, a quell'ora. Se non fosse stato Gaetano a incontrarmi, chiunque avrebbe pensato che il fantasma fossi io. Ma Gaetano sapeva. Come diceva Alessandra, c'era quando ne avevi bisogno e anche quando non ne avevi bisogno. In quel momento, io non ne avevo bisogno, perché non avrei voluto incontrare nessuno, eccetto il ragazzino e l'uomo con il pizzetto: per avvicinarli, capire di fronte a cosa mi trovassi.

«Leo è un cavallo fiero. Sono stato io a consigliare al signor Umberto di acquistarlo».

Guardai il giardiniere in un modo che lo costrinse a darmi una spiegazione.

«Signora Margherita, prima di fare il giardiniere, ero ragazzo ancora, emigrai in Inghilterra, lavoravo come stalliere. Leo è un cavallo selvaggio gallese, quelle zone le conosco bene. Poi mi imbarcai per nave, ma non fui fortunato. Cosí tornai ad Agrigento per sposarmi».

Poi con un candore che non mi poteva piú ingannare.

«È scesa perché è stata svegliata dai nitriti di Leo?»

«No, mi mancava l'aria» risposi.

«La posso aiutare?»

Lo ringraziai, volevo solo essere lasciata sola.

«E lei non dorme?» chiesi.

Sorrise. «Alla mia età si dorme poco, sa? Ma vedo che anche lei».

«Sí, anche io, e poi fa caldo».

«Lei crede?» e nel dirlo alzò, lui, perché sono certa che fu proprio lui, un refolo di vento gelido.

Gaetano si congedò, non era opportuno continuare a parlarsi, di notte, nel giardino: «Vado a controllare i cavalli, vedo se è tutto a posto» e si allontanò.

Mi ritrovai di nuovo sola ed ebbi la cattiva idea di voltarmi verso la casa. Davanti alla porta d'ingresso c'erano l'uomo in nero e il ragazzo. Mi guardavano con un ghigno che non sarei mai capace di descrivere, e sopra di loro, alle due finestre delle stanze delle bambine, c'erano Lucrezia e Lavinia. Ognuna alla finestra della propria camera: con le mani appoggiate al vetro. Nella stessa posizione: entrambe avevano un mezzo sorriso. Sentii un forte nitrito di Leo, poi ancora una volta persi i sensi e passai dallo svenimento al sonno dormendo sul prato per il resto della notte.

Mi svegliai con le prime luci dell'alba, distesa sul divano all'interno, lo stesso dove avevo atteso il medico, quello dove Umberto mi aveva accarezzato i capelli. Mi ci aveva portato qualcuno. In casa regnava il silenzio. Tornai nella mia stanza, ma non prima di aver guardato nelle camere delle gemelle: dormivano come due esseri innocenti, di quella innocenza dell'infanzia a cui, ormai da tanto tempo, nessuno crede piú fino in fondo.

14.

Rimasi nella stanza meno di un'ora: era mio compito svegliare le bambine, lavarle, vestirle, e cominciare la prima lezione di spagnolo. Fu un tempo tormentato: con chi avrei potuto parlare? Angelina aveva fatto degli accenni, ma si era sottratta a ulteriori domande. Flora era una donna silenziosa e distante. Inoltre mi ero accorta che aveva una complicità con Gaetano: li avevo visti parlare, piú di una volta, in modo confidenziale. Le altre persone di servizio sembravano muoversi in una maniera goffa in un mondo che non capivano. Peraltro ruotavano ogni sei mesi, perché le mandava un'agenzia di cui si serviva Alessandra.

Solo Giulia avrebbe potuto aiutarmi, lei, la giovane che si occupava della manutenzione della villa e che mi metteva a disagio. Decisi di fidarmi e provare a capire se avesse la voglia, la volontà, di svelarmi qualcosa.

Lo avrei fatto quel giorno stesso. Alessandra nel pomeriggio sarebbe andata a Roma con Lavinia e Lucrezia, per poi proseguire verso l'aeroporto di Fiumicino e aspettare il volo da Londra su cui viaggiava Umberto. Quel pomeriggio avrei potuto prendermi del tempo per me se lo avessi desiderato; avrei potuto anche dormire fuori e tornare in villa la mattina dopo. Informai

Alessandra che preferivo rimanere e riordinare i libri, aggiungendo i miei, rimasti ancora in uno dei borsoni. Non ebbe nulla da obiettare, salvo dirmi che avremmo cenato tutti insieme.

Le bambine quella mattina si comportarono in maniera impeccabile, come sempre. Dopo una colazione veloce partirono per Roma con la madre. Cosí restai in giardino finché non mi decisi ad andare nello studio, dove Giulia lavorava già dal mattino. Le avrei detto che volevo prendere un nuovo libro dalla biblioteca. Entrai, era al computer. Le dissi che cercavo un romanzo da leggere. Era impegnata, scura in volto, mi parve scortese. Rispose soltanto: «Gli autori moderni sono in ordine alfabetico, non sono divisi per letterature».

Poi alzò il viso e puntò la penna che teneva in mano verso l'angolo piú a destra.

«La A inizia lí...»

Provai a sorridere, ma già non mi guardava piú. Era concentrata sul suo schermo. Aveva un'aria cosí assorta che pensai non fosse stata una buona idea andare a parlarle. Arrivai alla H, guardai dei titoli a caso e trovai una traduzione italiana dei *Racconti notturni* di E.T.A. Hoffmann. La presi e cominciai a sfogliarla.

Giulia alzò la testa: «Cosa vuole chiedermi?»

Fu diretta, compresi subito che non dovevo avere l'aria di chi era interessata a un libro di racconti. Provai a sviare.

«Sul libro? Oh, niente, volevo prendere questo Hoffmann».

Giulia mi fissò. Stette un attimo in silenzio.

«Sulla casa, intendevo».

Capii che potevo domandare.
«Persone che non conosco si aggirano per il giardino».
Giulia mi parve impallidire.
«Persone? Ha avvertito Alessandra?»
«No, no, credo siano mie suggestioni».
Guardai fuori. Gaetano era voltato verso la nostra finestra.
«Ecco, lui è un uomo da cui deve stare lontana» disse Giulia.
«Sembra sorvegli tutti...» aggiunsi.
Mi interruppe subito: «La storia dell'incidente, del figlio, non è vera, ci crede solo Alessandra. Sembra, invece, che abbia un passato da marinaio. Su navi di trafficanti e contrabbandieri. La gamba deve averla persa nel golfo dell'Oman, dopo un conflitto a fuoco».
Ero sconcertata: «Ma perché allora questa storia del figlio? Dell'incidente?»
Giulia si alzò dal suo posto e guardò fuori. Gaetano lavorava davanti a noi, cercava dei pretesti per restare in quella zona del giardino. Giulia mi disse: «Venga, la porto in un posto».
Uscimmo dallo studio. Nel corridoio mi fece notare che avevo dimenticato il libro. Le dissi che lo avrei preso in un altro momento. Mi portò in una stanza vuota che prendeva luce da un oblò.
«Qui non ci controllerà nessuno. E posso fumare, per fortuna».
Cominciò a rollarsi una sigaretta. Poi prese a parlottare a bassa voce, come cercasse di mettere in ordine i fatti che aveva deciso di riferirmi. Accese la sigaretta e cominciò a raccontare.

«La sindrome di Korsakoff. Comincio da lí. Anzi no, comincio dal fatto che Alessandra era, ed è ancora, un'alcolista».

«Come lo sa?»

Sorrise: «Me lo ha raccontato Umberto. Quando Umberto conobbe Alessandra, lei aveva rischiato piú volte di morire. Non mi chieda perché si innamorò di una donna del genere».

«Ma io sapevo dei suoi anni a Londra, di Rem Koolhass che ha progettato questa casa per lei...»

«Questa casa è stata progettata da Koolhaas, ma non per Alessandra».

«E per chi?»

«Per un pianista americano che si era innamorato di questo luogo».

«Ma il terreno non era della famiglia di Umberto?» chiesi.

«Sí, ma fu venduto dalla signora Elena, la madre di Umberto, a quell'uomo. La villa fu costruita in meno di due anni, e ci venne a vivere questo pianista, con il figlio di tredici anni».

«E?»

«E il pianista morí assieme al figlio. Umberto ricomprò il terreno e la casa dagli eredi americani, che non sapevano che farsene di una villa nella campagna romana. Gente del Nevada, se non mi sbaglio. Cosí Alessandra si disintossicò, sposò Umberto e venne a vivere in questo posto».

«E perché non dice la verità?» chiesi.

«Perché soffre della sindrome di Korsakoff. Una malattia che porta il cervello a deformare la realtà e a generare i danni che può vedere».

«Quindi è tutto inventato?»

«Sí, Koolhaas... le origini aristocratiche...»

«Le origini aristocratiche? Non è una contessa?»

«Ma no».

«E Umberto?»

«E Umberto, che principe lo è davvero, la protegge, ma credo che lui abbia un'altra vita a Londra, dicono un altro figlio, ma sono dicerie».

Ebbi un moto di fastidio: «E le gemelle?»

Giulia alzò le spalle: «Delle gemelle non so nulla. Le bambine hanno capito che la madre sta male. Umberto ha scelto di affidarle a lei, Margherita, per sentirsi piú sicuro. Io mi occupo di Alessandra, la aiuto, le sto vicino, come avrà visto».

Fui sorpresa. «Mi sembrava fosse stata Alessandra a decidere. Mi aveva già assunta, prima che...»

«No, la sua lettera di referenze fu spedita a Londra. Umberto fece le sue indagini. Lo so perché me ne sono occupata anche io. Poi ha lasciato che Alessandra decidesse. Ma per lui andava già bene. Le gemelle sono state trascurate negli ultimi anni».

«Perché Alessandra resta seduta, immobile, per ore?»

«Quella è la malattia. Dice che deve stare seduta, è ossessionata da quel tempietto. Specie quando beve. Angelina controlla che non beva, ma non sempre ci riesce».

«Dunque le è stato creato attorno un cordone sanitario?»

«In un certo senso. Umberto aveva intenzione di parlare con lei. Ma dopo il suo malore ha pensato non fosse il caso. Lo farà in questi giorni. Troverà la maniera».

Restammo in silenzio qualche minuto. Giulia fumava e guardava fuori. Io mi sentii felice che fosse stato Umberto a scegliermi.

Benché non fossi affatto certa della verità dei fatti raccontati da Giulia, dovevo sapere altro. Dovevo interrogarla su un pensiero che si agitava con forza nella mia mente. Cercai le parole giuste.

«Ma quel pianista... nessuno lo ha mai visto? Esistono delle fotografie?»

Giulia mi guardò stupita: «Non lo so. Perché? Le interessa?»

«Una curiosità».

«Umberto lo ha conosciuto quando vendettero il terreno. Ma non gli ho mai chiesto di lui». Poi, cercando nella memoria: «Mi ha detto una cosa, una volta, che mi fece ridere. Aubrey Gibbons, questo era il nome del pianista, scelse l'architetto piú moderno del mondo, ma questa casa non gli corrispondeva affatto».

«In che senso?»

«Sembrava un uomo antico. Un artista dell'Ottocento. Sa, quelli che giravano per Montmartre? Umberto sostiene che la madre disapprovasse il modo di quell'uomo di portare la cravatta, *alla lavallière*. Un fiocco nero, un vezzo da artista, un simbolo anarchico in realtà. E tra un anarchico e un aristocratico non corre mai buon sangue. Pensi che non gli voleva vendere il terreno».

«E il ragazzo come si chiamava?» chiesi.

«Miles, si chiamava Miles» rispose Giulia.

Cominciai a scuotere la testa come fanno i giocattoli meccanici quando si guastano all'improvviso.

«Perché...» chiesi «perché Umberto si fida di Gaetano. E lo tiene in questa casa?»

«Forse perché non crede alle storie che si raccontano su di lui; forse avrà qualche debito di riconoscenza o forse...»

«Forse?» sussurrai, senza riuscire a nascondere il mio spavento.

«Molti uomini sono attratti dal male, dalle persone malvagie: le subiscono, ne hanno paura, eppure le cercano. E piú sono deboli e piú lo fanno».

Lo dissi con tono risentito: «Umberto sarebbe un uomo debole?»

«Questo non lo posso sapere. Ma ora torniamo, che in questa casa non si può scomparire troppo. Ti vengono subito a cercare».

15.

Il pomeriggio restai nella mia stanza, in preda a un'angoscia profonda. Se mettevo subito le mie cose in valigia e scappavo via? Forse era l'unico modo per salvarmi, ma ero come paralizzata. Aspettavo con ansia l'arrivo, il ritorno di Umberto. Lui mi avrebbe parlato, mi avrebbe spiegato, avremmo deciso assieme il da farsi, mi avrebbe tolto ogni paura. Se posso dire, anche se non è corretto affermarlo, e neppure leale, il fatto che Alessandra fosse malata, che lui avesse un'altra vita a Londra, mi spingeva ancora di piú a desiderarlo. Non andavo insomma a infrangere il quadro idilliaco che mi ero fatta della loro vita, della villa e di quanto girava attorno a quel mondo.

Umberto era un uomo infelice: per amore delle figlie aveva deciso di tenere in piedi il suo matrimonio, ma lui meritava di piú.

Mi accorsi che stavo diventando gelosa di tutte: di Alessandra, di Giulia, ma anche della donna di Londra, della quale Giulia mi aveva accennato.

Per la cena di quella sera avrei indossato un vestito rosso, guardando Umberto con velata complicità, attenta a non farmi notare da Alessandra.

Il mio stato di agitazione mi portava a mille

congetture. Giulia, quella donna fragile e sfuggente con cui non volevo avere a che fare, mi aveva detto la verità? Forse era lei a essere attratta da Umberto e provava a prendersi gioco di me, raccontandomi storie senza senso.

Però il fiocco era *quel* fiocco. Chi poteva portare un fiocco alla lavallière in tempi moderni? Cercai su internet.

La lavallière era un segno distintivo che rompeva con la tradizione borghese, e infatti la borghesia e i militari dovevano osservare la ferrea regola di cravatte molto strette al collo e rigide, ferme, bloccate. La lavallière invece aveva come caratteristica anche quella di possedere due lembi che, penzolando, svolazzavano con il vento: un gran bel segno evidente di libertà. Se all'inizio la lavallière poteva anche essere variopinta o a pois o a strisce, dopo l'esperienza della Comune di Parigi, in cui le istanze anarchiche presero forma concreta in un'autogestione del popolo, la lavallière si fece nera e con un significato profondo. Quando le truppe del governo regolare francese si unirono a quelle nemiche prussiane per fare strage degli anarchici e della autogestione parigina e marsigliese, la lavallière divenne simbolicamente un fiocco ricavato da un lembo della bandiera nera anarchica, la stessa bandiera che sventolava sulle barricate della Comune...

Insomma un fiocco da artista, portato dagli anarchici, compatibile con i gusti di un pianista americano che aveva vissuto con il mito dell'Europa e di Parigi.

Su di lui non trovai nessuna informazione: tantomeno delle fotografie. Poteva essere il segno che il racconto di Giulia non era veritiero. Era mai possibile che non ci fossero notizie? Che tipo di pianista era? Oscillavo tra un mondo normale, quello dove i fantasmi sono una faccenda per anime semplici, e una storia fosca, che ti fa entrare in un mondo parallelo, fatto di paura e dominio, dove tutto è inspiegabile, raggelante. O forse era solo la storia pietosa di una donna malata, con problemi di alcol, vittima di una malattia che porta a sostituire i ricordi con storie inesistenti. E Umberto, devoto, anche se non piú innamorato, la proteggeva.

Cosí le gemelle tornavano quelle che erano, degli esseri meravigliosi; meravigliosi perché erano le figlie di Umberto: questo contava, nient'altro.

Ma il fiocco alla lavallière? Come poteva mai essere un sogno quello che avevo visto al tempietto? Non potevo sapere che un pianista aveva abitato in questo luogo, un pianista che portava quel fiocco.

Quello che Giulia mi aveva raccontato poteva essere vero. Giulia non poteva sapere che mi erano apparsi il pianista e suo figlio, due volte peraltro. Quel fiocco, quel vezzo da artista dell'Ottocento, che solo un uomo eccentrico poteva indossare, era raro in tempi moderni.

Gaetano era stato davvero una sorta di pirata? Un contrabbandiere nel golfo dell'Oman? E perché gli era stata data tanta fiducia? Cosa intendeva dire Giulia con la frase: ha un debito di riconoscenza? Quali segreti conosceva Gaetano che costringevano Umberto ad affidargli le gemelle, a farne il factotum quando necessario?

Mi alzavo dal letto e poi tornavo sul letto. Mi stendevo, provavo a chiudere gli occhi: aspettavo. In quindici giorni mi si era capovolto il mondo e non sapevo piú in che maniera guardarlo. Peraltro in quel mio continuare a muovermi per la stanza, a scrutare il giardino, avevo notato che Gaetano era passato varie volte. Mi controllava.

Avevo visto Giulia andare via all'ora solita, qualche minuto prima delle sei, senza passare a salutarmi: dopo quello che ci eravamo dette mi aspettavo che lo avrebbe fatto. Ma mentre scambiava qualche parola con Gaetano guardava verso la mia finestra.

Tutti mi stavano spiando: erano coincidenze? Vedevo spettri e malefici ovunque. Temetti persino che si prendessero gioco di me: uno scherzo, una sciarada. Arrivai a supporre che il ragazzino e l'uomo con il fiocco fossero persone reali, e che quella messa in scena avesse uno scopo che ancora mi sfuggiva, ma che era del tutto razionale.

Cercai di ripetere a me stessa, ad alta voce: se cerchi ancora una ragione e non ti abbandoni ai misteri, vuol dire che stai bene. E io stavo bene, ma ancora per poco.

16.

Mentre mi asciugavo i capelli, in attesa di togliere la maschera per il viso, sentii delle voci provenire dal giardino. Mi affrettai ad andare alla finestra. Mi apparve una scena che avrei voluto vedere sempre: le bambine davanti, intente a giocare, poi Alessandra, e piú indietro Gaetano con Umberto. Gaetano mostrava al padrone di casa una brochure, camminavano affiancati. Non mi sorprese che Umberto, con gentilezza, avesse rallentato il passo per non mettere in difficoltà il suo giardiniere che quel giorno sembrava affaticato.

Era un quadro impreziosito da un sole velato che aveva schiarito le ombre e restituiva una luce gentile. Era quella la vita che desideravo, ciò che mi era stato raccontato erano falsità e maldicenze. Non dovevo piú pensarci. Neppure farmi delle illusioni riguardo a Umberto.

Ebbi un forte desiderio di andare ad abbracciare le bambine. Finii di prepararmi e scesi.

Le gemelle mi vennero incontro allegre. Lucrezia mi mostrò un nuovo libro di Harry Potter che le aveva regalato la madre. Decidemmo che quella sera lo avremmo iniziato a leggere insieme.

Umberto fu come sempre accogliente e cortese: mi offrí un calice di vino, che non presi. Alessandra bevve il suo in un sorso. Non avevo mai fatto caso al suo modo di bere vino, e generalmente non vi faccio caso, ma pensai – potere del pregiudizio – che beveva con imbarazzo, con l'aria di chi teme di essere scoperta.

Mentre Umberto raccontava che in quelle due settimane londinesi non era mai uscito dall'ufficio prima di mezzanotte, Lavinia venne a parlarmi. La madre le aveva regalato un libro sui cavalli, ma lo aveva dimenticato sul sedile posteriore dell'automobile. Mi chiedeva di accompagnarla, anzi, a dire il vero, neanche me lo chiese: mi prese per mano e mi trascinò perché la seguissi al parcheggio. Mi alzai, ma appena arrivati alla biforcazione che portava al parcheggio Lavinia prese un altro sentiero che conduceva, lo avrei capito subito, al tempietto: intravedevo, oltre le piante, i capitelli delle colonne ioniche e le teste della statua.

«Lavinia dobbiamo andare al parcheggio» protestai.

Ma lei non rispondeva.

«Tu questo posto non lo conosci vero?» disse.

«Sí che l'ho visto».

«E non ti piace?» e nel dirlo si fermò davanti alla statua, a metà tra il tempietto e gli alberi che lo circondavano. Salii i tre gradini. Lavinia era alle mie spalle, Ecate era di fronte a me e dietro, vicino agli alberi, c'erano il ragazzo e l'uomo in nero.

Mi guardavano spavaldi. Io non riuscivo a staccare gli occhi da quelle due presenze, apparse all'improvviso, e al tempo stesso cercai di voltarmi per capire cosa vedesse Lavinia. La bambina aveva smesso di parlare. Era rimasta ferma dietro di me, guardando loro; o meglio, guardando in quella direzione. Ero certa che li vedesse e questo mi atterriva, trovavo orribile che una bimba dovesse subire quella visione. Se avessi potuto le avrei coperto gli occhi, l'avrei protetta, ma rimasi in una terra di mezzo, girata di tre quarti: con la coda dell'occhio controllavo le due presenze e allo stesso tempo guardavo Lavinia, che non mostrava alcuna paura, che non era turbata, anche se aveva smesso di sorridere. Era tornata seria, severa, persino vecchia.

Solo quando Lavinia disse: «Ora possiamo andare», io intuii che mi trovavo di fronte a qualcosa di insopportabile, di perverso. Lo intuii perché a quelle parole i due uomini sparirono. Era stata la voce risoluta, il tono severo di Lavinia a farli sparire? E se Lavinia aveva questo potere, non aveva anche il potere di evocarli? E dunque chi era davvero quella bambina?

Lavinia mi prese per mano e questa volta, con una lentezza misurata, mettendo tra un passo e l'altro un silenzio che mi faceva scoppiare il cuore, ci dirigemmo verso il parcheggio per prendere il libro. Solo che prima di arrivarci cambiò idea, il libro non le interessava piú, potevamo tornare. Se lo sarebbe fatto riportare da Gaetano, piú tardi.

Era doloroso ammetterlo, ma il libro era stato un pretesto. Lavinia voleva spaventarmi, mostrarmi l'orrore: piú di qualsiasi racconto di Giulia, piú di ogni segreto tra Umberto e Alessandra, piú dell'ambiguità di Gaetano, piú delle dicerie di Angelina.

Tornammo, tenendoci per mano. Riuscii a sopportare quello che avevo visto perché avevo deciso di capire, comprendere davvero quello che stava accadendo in quel luogo. Erano passati poco piú di quindici giorni dal mio arrivo: ero svenuta, avevo scoperto dettagli sconcertanti, ridisegnato la mappa di un luogo che avevo accolto dentro di me come nessun altro, che era mio prima di essere mio, che aveva una magia che mi coinvolgeva. E ora mi ritrovavo dentro una magia, sí, ma una magia nera; e non potevo piú fermarmi, non potevo andarmene, ma neanche restare convincendomi che erano solo mie fantasie, uno stato isterico della mia mente.

Non avevo mai creduto ai fantasmi, e non avevo alcuna intenzione di nascondermi dietro il paravento del continuerò a non crederci. Anzi, volevo crederci e se necessario proteggere le bambine. Ma Lavinia sapeva e decideva. Dirigeva un'orchestra tetra che la seguiva fedelmente, un mondo di obbedienti che iniziava con sua sorella gemella e continuava con Gaetano, con l'haitiana Flora, che certo era la donna di Gaetano, con Giulia, forse l'amante di Umberto, e con Alessandra, che ancora restava l'anello debole di questo teatro oscuro in cui mi trovavo.

I morti non mordono, avevo letto in un romanzo tanti anni prima. Ma non ne ero piú sicura. Il male resta e travolge ogni forma di innocenza.

«Margherita, la prego, lo prenda un calice».

La voce di Umberto era affettuosa e supplicante, ma ormai chiaramente seduttiva. Non mi ero neanche accorta che si era avvicinato a me. Stavo fissando le gemelle per capire se stessero comunicando nel loro modo: attraverso sguardi che nessuno saprebbe descrivere.

Dissi solo: «No, ora è meglio di no».

«Si rilassi, le bimbe sono con noi, siamo tutti assieme. Può perderle di vista per questa sera».

Sorrisi a Umberto proprio nel momento in cui Lucrezia, di spalle, si voltò verso di me dopo un'intesa con la sorella e fermò il suo sguardo come fosse un'istantanea, una fotografia.

Intanto si era avvicinato Gaetano con un libro per le mani, si rivolse ad Alessandra che gli era andata incontro. Parlarono per poco, credevo si trattasse del volume sui cavalli che cercava Lavinia. Ma Alessandra prese il libro e mi raggiunse.

«Lo ha trovato Gaetano sul sedile di guida del suo furgone. Forse lo ha dimenticato lei».

Alessandra ringraziò Gaetano che era rimasto in disparte. Lui accennò un saluto e si allontanò verso il parcheggio. Quando Alessandra mi porse il libro restai di sasso. Si trattava dell'edizione dei racconti di Hoffmann che avevo dimenticato di portare in camera quel pomeriggio.

Lavinia mi fece un sorriso talmente impressionante che mi parve di svenire. E questa volta non riuscii a nasconderlo.

«Si sente bene?» chiese Alessandra.

«Sí, certo, va tutto bene» e mi guardai attorno cercando un luogo dove appoggiare il volume.

Lo prese Alessandra e lo diede a Lavinia: «Portalo nella camera di Margherita e torna subito che andiamo a tavola».

Lavinia mi guardò seria, poi rise con la sorella e cominciò a correre con il libro verso la casa.

17.

Fu una cena guardinga.

Avevo di fronte a me un paesaggio diverso, non meno ambiguo del panorama di fantasmi che mi era apparso piú volte nei giorni precedenti e anche in quello stesso giorno. Alessandra era di buon umore, raccontava con piacere i suoi anni di Londra. Notai che Umberto non commentava aneddoti ed episodi che ora mi sembravano inventati. Ero diffidente, e questo mi infastidiva, e diedi la colpa a Giulia, che aveva rovesciato Camelot nel breve tempo di una sigaretta, ma mi ostinavo a non voler pensare a quello che era accaduto poco prima.

A tavola le bambine continuavano a parlottare tra loro, erano allegre. Alessandra le riprese piú di una volta. Sul lato opposto del giardino, Gaetano lavorava come sempre, anche se era quasi buio. Era il suo modo di controllarci, forse di prendere ordini. Restare lí, era chiaro, non dipendeva dalla sua volontà, ma da altri che glielo chiedevano. Altri che ancora non si erano palesati.

Se entro in questi dettagli è anche per aiutare il vostro lavoro con le gemelle che – mi avete detto – hanno oggi una vita quasi normale. Ma io so che quanto accadde a Villa Alessandra quella notte potrebbe ancora ritornare, e non posso davvero prevedere con quali conseguenze. Per questo ho deciso fin da subito di non avere prudenze e di raccontarvi quello che penso sia avvenuto.

Vi chiedo scusa se alle volte riferisco sensazioni, sguardi fugaci, espressioni che non sarebbero da considerarsi strane, se non fosse accaduto quello che poi accadde. Questa è, però, una storia dove la linea che divide il reale dall'irrazionale non è soltanto sottile, ma indistinguibile.

Chi era Gaetano? Cominciai a pensare che in realtà appartenesse a un altro mondo, non al nostro. Solo che lui pareva in carne e ossa, mentre il mio pianista e il figlio apparivano e scomparivano. Anche Gaetano appariva e scompariva, ma non in quel modo. Potevo davvero credere che anche lui venisse dal passato?

Nonostante questi pensieri cercavo di essere presente ai discorsi, debbo dire assai piacevoli, di Umberto. Ma soprattutto cercavo l'anello debole dentro i suoi racconti, che mi confermasse le rivelazioni di Giulia nel pomeriggio. Avevo deciso che in quella cena avrei investigato in silenzio, avrei messo assieme le loro parole, e non solo le parole, ma anche gli sguardi, quelli di intesa, e quelli di disapprovazione, i toni della voce, le pause, le incertezze.

Speravo che tutto questo potesse condurmi a un ingenuo verdetto, che era conseguenza delle verità dell'assistente di Alessandra. Ero certa che il mio vestito, il mio trucco, mi avrebbero rivelato se Umberto fosse un marito integerrimo, oppure se apparteneva a quel genere di uomini sempre attratti dal gioco della seduzione.

Avevo notato che Alessandra, sempre prodiga di complimenti, non aveva commentato il mio aspetto e il vestito che indossavo quella sera. Non dico ne fosse infastidita, ma ne fu sorpresa. Sedurre comunque Umberto, in una forma che ancora non sapevo, mi era in quel momento necessario.

Ma questi pensieri svanirono presto, ero turbata da tutt'altro. Sentivo Umberto e Alessandra che parlavano, ma vi facevo attenzione solo a sprazzi, i miei pensieri andavano al pianista Gibbons, al figlio Miles, agli occhi di Lavinia al tempietto, che generavano il male.

I racconti di Alessandra sui suoi anni londinesi mi sembravano ora troppo vaghi per non destarmi sospetti. Chiesi anche di Koolhaas, di come si fossero conosciuti. Lo feci con una finta ingenuità, ma credo di aver recitato bene. Perché era vero che la prima volta che mi fu nominato non sapevo nulla di lui, ma già da quella sera, quando tornai a casa dopo il nostro primo colloquio, lessi tutto quello che mi serviva per capire.

Alessandra mi guardò imbarazzata, con un'espressione che ormai le conoscevo: un misto di scaltrezza e disagio. Queste due cose non vanno assieme, anzi, ma in lei erano intrecciate in un nodo misterioso che la rendevano sfuggente e affascinante. C'era un'anima in Alessandra, ma era un'anima in minore: estetica, non interiore. E questo prima di quella sera non lo avevo mai pensato.

«Un giorno gliene parlerò, le racconterò» disse Alessandra cambiando subito discorso e rimproverando le gemelle per qualcosa che non avevano fatto. Ovvero troppo chiasso a tavola.

Umberto aveva abbassato lo sguardo. Gaetano, da lontano, mi parve scuotesse la testa in segno di disapprovazione. E il fatto che io in quel momento abbia potuto sentire un nitrito di Miles, il cavallo che portava il nome del figlio del pianista, quel fantasma del pianista che mi era già apparso tre volte, mi dimostrava che cominciavo a perdere la ragione e che dovevo tornare, almeno nel tempo libero, a fare le cose di sempre. Riprendendo a scrivere e a parlare con amiche e amici, che avevo del tutto trascurato.

Quella sera, tornando in stanza, non trovai il libro di Hoffmann. Lavinia non l'aveva portato nella mia camera.

18.

Umberto ci informò che non sarebbe ripartito per Londra, avrebbe trascorso le due settimane di vacanza estive in villa. Questo fu motivo di gioia per le gemelle e di sollievo per Alessandra. Disse che «ci voleva proprio».

Riguardo a me: non me lo aspettavo. Continuavo a chiedermi perché nessuno di loro avesse anche solo pensato di passare quei giorni afosi in qualche luogo di mare, al fresco, in una estate che si stava rivelando come una delle piú calde degli ultimi anni. Alessandra peraltro ci avvertí che Giulia non sarebbe tornata prima di settembre.

Strano che Giulia mi avesse taciuto che quello sarebbe stato il suo ultimo giorno prima delle ferie. Pensai che mi sarebbe mancata un'alleata, se tutto ciò che mi aveva riferito era la verità, oppure una nemica, se invece si trattava di una millantatrice, di una donna che voleva allontanarmi da quel mondo, forse per gelosia.

Pensai anche – ma era una chiara conseguenza della mia infatuazione per Umberto – che Alessandra avesse deciso di mettere in ferie la sua assistente perché gelosa di una relazione tra suo marito e Giulia. Ma non mi feci dominare da congetture che peraltro non potevano aiutarmi in quel momento. Quello che posso dirvi è che Giulia non la rividi mai piú. Dopo i fatti cercai di rintracciarla, trovai a suo nome, Giulia Klein, un profilo Facebook ma senza fotografia. Era un profilo abbandonato, l'unico post, una fotografia di un gruppo di persone in camice bianco in un cortile, si riferiva a cinque anni prima.

Giulia non tornò per un'altra ragione, ve lo riferirò piú avanti. Ma io in quel momento mi sentii smarrita, non c'era piú nessuno che potesse parlarmi apertamente, avevo paura di tutti, comprese le gemelle, anzi a cominciare dalle gemelle, e capisco che dirlo sia brutto.

Potevo però sperare che Umberto si sarebbe deciso a parlarmi, come Giulia mi aveva detto avrebbe fatto, e a spiegarmi, rassicurarmi. La mia attrazione verso di lui era anche un modo per rendermi sopportabile quell'incubo.

Se mi chiedete ora cosa sperassi in quei giorni, vi risponderò in questo modo. Lo dico senza remore ormai: di avere per me il cuore di Umberto, nei modi che lui avrebbe voluto (e avrei accettato ogni compromesso per questo), rivedere quell'uomo e il ragazzo, e infine capire chi fosse davvero Gaetano. Questo mi avrebbe permesso di leggere, essere l'unica a leggere, i silenzi di Lavinia e di Lucrezia. Sapendo che lí, in quella complicità, non solo si celava il segreto di quello che accadeva, ma si apriva una porta su un mondo che ormai cercavo in modo cosí schietto da non farmi piú paura.

Questo fu il piú grande dei miei errori. Non deve dunque stupirvi che oggi io abbia tenuto fuori da questa casa bianca che guarda l'oceano tutto quanto abbia a che fare con la memoria e con la storia. Non ci sono fotografie, non ci sono oggetti, non ci sono libri, eccetto i miei di medicina e psichiatria.

Anche lo avessi voluto, non sarei potuta sfuggire a quel destino. Neppure il giorno che arrivai alla villa. Neppure in quel momento, quando nulla era accaduto quando le gemelle neanche le avevo viste, neppure Gaetano, e neanche Umberto, avrei potuto tirarmi indietro. Qualcuno aveva lanciato i dadi per me, come *Il signore di Ballantrae*, e i dadi avevano una faccia che nessuno aveva mai visto prima.

Ma per tornare a quei giorni, non posso omettere che da quella sera Alessandra cambiò il suo modo di comportarsi, con me in particolare, ma anche con il marito e con le figlie. La sua cortesia, la sua gradevolezza si smarrirono in una distanza, in un silenzio che a cena, alle volte, era raggelante.

E per quanto Umberto si sforzasse di far apparire tutto normale, per quanto Alessandra adducesse scuse come delle forti emicranie, difficoltà a sopportare lunghe giornate calde, e una incapacità di vivere la stagione estiva se non con fatica, non potevo non notare che le gemelle erano indifferenti ai comportamenti della madre: non ne soffrivano, non chiedevano piú attenzioni, non le stavano vicino, ma anzi sembrava fossero loro, in un modo che ancora non conoscevo, a stabilire l'umore di Alessandra, i suoi comportamenti, persino le sue emicranie. Come fossero autrici, dentro un'unica mente, di tutto quello che ottenebrava la nostra ragione.

19.

Giulia non sarebbe tornata fino a settembre. Quella donna mi aveva generato diffidenza, poi gelosie irrazionali, poi ancora simpatia. L'avevo trovata fredda, affabile, distaccata, ma poi anche complice. Da un lato fu un sollievo sentire da Alessandra che era stato il suo ultimo giorno di lavoro, prima delle ferie, soprattutto perché Umberto sarebbe rimasto con noi per due settimane e non mi sarebbe piaciuto vederli assieme. Temevo che la gelosia si aggiungesse all'orrore in cui ero precipitata.

Ma poi c'era l'altro aspetto: Giulia mi aveva aperto gli occhi. Lo aveva fatto in un lampo, rovesciandomi addosso la sua verità, e adesso restavo con i dubbi su quelle verità, se di verità stavamo parlando. Non avevo controprove, non potevo sapere se le sue parole fossero autentiche, o se si trattava di una impostura. Soltanto Umberto poteva cambiare gli eventi. Parlandomi, come Giulia mi aveva assicurato avrebbe fatto.

Le gemelle erano vittime di una madre sofferente e di un padre che non era riuscito a essere presente quanto avrebbe voluto, che doveva essere aiutato. Ma ero certa di quelle apparizioni, non mi spaventava il soprannaturale, non ero cosí ingenua da pensare che presenze macabre non possano affiancare le nostre esistenze. Per quanto mi imponessi di essere razionale, per quanto mi appellassi alla ragione, quelle due figure io le avevo viste, e non erano in carne e ossa, non avevano uno sguardo terreno. Era probabile che avessero a che fare con quei due personaggi che avevano vissuto, neppure troppi anni prima, nella villa e avevano passeggiato per il giardino.

Lavinia e Lucrezia a volte sembravano spaventate, piú spaventate di me. E nessuno poteva darmi la certezza che anche loro vedessero quel che vedevo io. Nessuna delle persone che abitavano e lavoravano nella villa, da Umberto e Alessandra, a Gaetano, a Giulia, a Flora, fino ad Angelina, aveva mai parlato di presenze. Nessuno di loro mi aveva mai raccontato che le bambine avevano un particolare rapporto con quel luogo che tutti chiamavano il tempietto. Nessuno di loro aveva mai trovato strani i comportamenti delle gemelle.

Giulia mi aveva detto, proprio il giorno prima, che le bimbe erano state abbandonate. E avrei potuto anche credere che Alessandra avesse un vizio segreto, quello dell'alcol, ma non mi pareva niente di irrimediabile, niente di scandaloso: mai l'avevo vista alterata, mai barcollante, mai con un bicchiere tra le mani, eccetto alle cene.

Mi convinsi che il mistero delle presenze, le entità che avevo visto tra quelle mura e nel giardino, era solo per me. Nessuno ne era responsabile, nessuno le guidava, anzi, era giusto che io proteggessi tutti loro da questi accadimenti, soprattutto le gemelle.

Oggi so quanto il soprannaturale si faccia strada nelle nostre esistenze in una maniera sghemba, ambigua. Quanto prediliga le vie indirette, quanto sia magistrale la sua capacità di gestire la nostra oscurità, quanto sia capace di destabilizzarci. Ma in quei giorni mi aggrappavo a tutto, ero disposta anche a confrontarmi con quei fantasmi, a scacciarli, come un'esorcista, per lasciare che quella villa, quel giardino e quel mondo restassero il luogo di ogni possibile felicità, niente affatto tormentato dal passato o macchiato dalle tenebre, ma proiettato verso un futuro pieno di amore, se l'amore è piú di una parola, è piú di una illusione.

Quella domenica mi svegliai con questi pensieri. Nella notte avevo sognato le gemelle che parlavano con il ragazzo: con Miles. Ma era stato un sogno che non mi aveva spaventato: era nitido, placido. Lo interpretai come un buon segno.

Scesi in cucina per chiedere una tazza di caffè e andai verso il gazebo che dominava il laghetto artificiale. A riva c'era la barchetta che Umberto e Alessandra usavano per le piccole gite. Il laghetto era piccolo, ma alle gemelle piaceva remare. Il gazebo era il luogo prediletto di Angelina, lí trascorreva le sue ore di riposo in compagnia dei rebus della *Settimana enigmistica*. Era l'unico piacere che si concedeva. Cosí quella mattina, con la mia tazza di caffè americano, andai a cercarla al gazebo.

Volevo parlare con lei: l'unica forse, eccetto Umberto, che avrebbe potuto placare la mia ansia, togliermi i dubbi. Ma non potevo iniziare un discorso parlando di fantasmi. Dovevo trovare un modo, un modo che ancora non avevo.

Sedetti vicino a lei, in un salottino di midollino che guardava il lago. Era la prima volta che mi spingevo fino a lí. Il sole non era ancora alto, il silenzio dominava la villa. Le bimbe dormivano, e anche Alessandra e Umberto non avevano l'abitudine, da quel che avevo cominciato a capire, di alzarsi presto la domenica. Angelina invece era mattiniera.

Mi guardò senza dire nulla. Poi come dispiaciuta: «Margherita, ieri sono arrivate le marmellate che ci manda la signora. Prendete solo il caffè? È un peccato».

La signora era Elena: la mamma di Umberto. Angelina non la nominava mai invano, solo quando era proprio necessario. Altrimenti era semplicemente: la signora.

«Le assaggerò» risposi cercando di non darle l'impressione che le marmellate non mi appassionavano. E poi aggiunsi: «Le prepara proprio lei?»

«La signora?» chiese Angelina a sua volta. Poi, senza aspettare la mia risposta: «Ma no, le fa arrivare dall'Inghilterra, da Manchester. E una parte poi la manda anche qui. Provate quella all'arancia».

«Lo farò» risposi. «La signora non viene mai qui? A passare del tempo?»

Angelina mostrò un sorriso furbo, come a farmi capire che già vedendomi arrivare con la tazza del caffè verso il gazebo sapeva dove volessi arrivare. E senza neanche guardarmi, continuando a fissare il lago e gli alberi, disse: «La signora Elena non ha mai messo piede in questo luogo. Neanche quando non c'era la villa».

Stavo per chiederle perché, ma mi anticipò: «La signora ha sempre voluto vendere questi terreni. Ci provò due volte. La prima volta l'affare non si concluse. Volevano lottizzare e farne un complesso di ville residenziali. Ma non riuscirono ad avere i permessi. La seconda volta andò meglio, vendette all'americano, che ci rese tutti felici. Di questo posto, non avremmo piú sentito parlare».

«Ma perché?» domandai finalmente.

Angelina si voltò verso di me: «Se l'americano non fosse morto in quel modo oggi staremmo tutti da un'altra parte. Poi, ditemi voi: vi sembra che questa è una villa? Non c'è un muro, un balcone. Solo vetri».

Capii che dovevo parlarle come già sapessi, come non fosse un segreto.

«Io la trovo un'opera d'arte».

Mi guardò indispettita: «Anche voi?»

«Be', è un capolavoro».

«A parte l'americano, che ha fatto costruire questa villa, se non fosse stato per la signora Alessandra, chi ci veniva in un posto come questo?»

Cercai di capire: «Non conosco bene la storia».

«Ve la dovete far raccontare dal signor Umberto».

«Lei non la sa?» chiesi.

Angelina mi guardò severa: «La so meglio di tutti. La so dalla signora Elena. Aveva ragione il signor Giovanni, il fratello del signor Umberto, non si doveva ricomprare niente. E invece lei ha fatto i capricci, ed eccoci qui».

«L'americano ebbe un brutto incidente».

«Incidente? Se lo chiamate incidente...»

«Perché» chiesi, «come...»

Angelina si alzò dalla sua poltrona, fece due passi verso la riva del lago, dandomi le spalle. Mi alzai e mi misi a fianco a lei.

«Signora Margherita, se non ve lo ha detto il signor Umberto, perché lo chiedete a me?»

«Perché ho paura» risposi, e lo feci con tutta la sincerità che potevo mettere in quelle poche parole.

Angelina si voltò, era pallida: «Li avete visti?»

Non ebbi remore: «Sí, piú di una volta».

«Ossantiddio» mormorò, «povera donna. A me non è mai successo, ma lo so. Lo so che appaiono. Quel ragazzo poi».

«Miles».

«Si chiamava cosí, Miles. E dire che la signora Elena fu onesta, diretta. È una grande dote, lo sa? Quando venne Mr. Gibbons per la trattativa del terreno pose due condizioni. La prima è che sul prezzo non si trattava. Neanche un centesimo in meno. Eh... la signora i suoi affari li ha sempre fatti come si deve. La seconda fu che doveva conoscere la verità».

«Quale verità?»

Esitò solo un attimo: «Nel Settecento, forse prima, ora non mi chiedete, che con le date io... Venivano per la statua, che neanche nomino. Facevano delle stregonerie, parlavano con i morti. La signora Elena ha un vecchio libro dove c'è scritto tutto. Una notte le guardie li scoprirono. Furono massacrati tutti, c'erano anche dei bambini».

«Ed è per questo che la signora Elena non viene mai?»

«Sí. Ma poi, dopo quello che è successo all'americano e al figlio, avrebbe dato fuoco al parco. Anche il signor Giovanni che non è per niente superstizioso era della stessa opinione. Figuratevi!» Abbassò la voce: «Li trovarono morti, annegati, padre e figlio, senza un motivo, ma qualcuno diceva che il pianista teneva delle messe nere e che quel ragazzino non fosse neppure suo figlio. E soltanto Dio sa cosa deve essere veramente accaduto. Voi mi capite, vero? Per questo la signora mi ha chiesto di stare qui. Perché il signor Umberto non ci vuole credere. E la signora Elena ha paura. Ha paura per le gemelle. Ma vi sembra un posto dove far crescere delle bambine? Ve lo dico io, non lo è affatto. Ma...»

Si fermò guardandomi con terrore: «Voi li avete visti. Lui sembrava un pianista squattrinato, con quel fiocco al collo. Quella barba, il pizzo da spadaccino e i capelli lunghi. Oh, come lo ricordo... Come vestiva... E quel ragazzo, era cosí malinconico, con quel naso triste. Quando vennero la prima volta al palazzo pensammo tutti che quel pianista fosse un perditempo. Ma poi pagò in pochi giorni... ed erano tanti soldi, credetemi».

«Sono proprio loro» dissi a me stessa prima che ad Angelina.

«Certo che lo sono» rispose Angelina, come una verità su cui non si potevano nutrire dubbi. «E noi abbiamo il coraggio di stare ancora qui. Dio ci perdoni».

Poi Angelina mi fissò e aggiunse, supplicante: «Dovete dire al signor Umberto di portare via le bambine. Io me ne andrò a settembre. Il signor

Umberto vi ascolterà. Sua moglie non lo sa quello che fa. Andate a trovare la signora Elena, a Roma, al palazzo. È anziana ma è lucida. Raccontate anche a lei quello che vedete e parlate con il principe Umberto. Ditelo, che devono andarsene da qui».

Mi sentii chiamare da lontano, era la voce di una delle bambine.

«Margherita, Margherita...»

Mi voltai, Lavinia e Lucrezia erano davanti alla casa. Volevano che le raggiungessi.

Angelina le guardò: «Bisogna andarsene prima che sia troppo tardi».

Tornai verso le gemelle con la mente offuscata. In quel momento si affacciò dalla porta anche Alessandra. Era seria, rigida, infastidita.

«È una vecchia pazza» disse guardando Angelina che era rimasta al gazebo: «Ha cresciuto mio marito e anche il fratello, loro le vogliono bene. Ma non è piú possibile tenerla con noi, ormai delira, racconta storie senza senso. Spaventa anche le bambine...»

Non riuscii a dire nulla. Alessandra era sorpresa, il suo sguardo ora mi appariva ironico, come chiedesse a se stessa: «È mai possibile credere a storie cosí inverosimili?»

Dietro di lei apparve sulla porta Umberto, abbracciò da dietro Alessandra, era di ottimo umore. Vide che stavamo in silenzio e si accorse del mio sguardo spaventato.

«Angelina...» gli disse complice Alessandra.

«Ancora» rispose Umberto, poi chiese, riferito a me: «Le hai spiegato?»

«Ma sí, dai, ma cosa devi piú spiegare...»

«Hai ragione, non c'è molto da dire. Ancora un mese e poi torna a casa» concluse risoluto Umberto.

Mi sentii una sciocca. Eppure le bambine non avevano staccato gli occhi da Angelina. E Angelina da noi. Ma il fiocco, quel fiocco, la barba, il pizzetto, il naso triste del figlio Miles. Tutto questo era davanti ai miei occhi, e non si trattava di credere perché ormai io sapevo.

20.

Passarono alcuni giorni e non accadde nulla di particolare. Angelina mi evitava. Alessandra doveva averla zittita. Avrei fatto di tutto per confrontarmi con Umberto, ma dopo quelle parole mi sarei resa ridicola ai suoi occhi, e non lo volevo. Finché un pomeriggio accadde: erano le quattro, il tempo alternava una pioggia sottile a schiarite. Andai a vedere cosa stessero facendo le bambine, ma non le trovai nelle loro stanze. La loro assenza non mi preoccupava, forse erano con il padre, o a giocare in giardino, anche se non era la giornata migliore per i giochi all'aperto. Cosí provai a cercarle e mi spinsi fino alla stanza dell'oblò, dove mi aveva portato Giulia quel pomeriggio.

Mentre percorrevo il corridoio che collegava le due aree della casa sentii le loro voci. Ma non erano le solite vocine infantili: erano sí le loro voci, ma come fossero piú adulte, e il modo di parlare piú lento, pacato, maturo.

Mi fermai, d'istinto. Fui presa da una grande inquietudine. Perché avevano cambiato voce? Temevo che si fossero impossessate di loro presenze sconosciute, o addirittura che altre persone si fossero introdotte nella casa. Esitai prima di far scendere la maniglia della porta. Fu cosí che sentii Lucrezia rivolgersi a Lavinia. Una Lucrezia adulta che parlava con una Lavinia adulta.

«Margherita ora sa». E continuò: «L'hai portata tu».

Lavinia protestò: «Non dovevano farsi vedere. Io l'ho portata e tutto doveva essere come sempre».

«E chi ha fatto apparire Miles lí?» rispose Lucrezia.

«Tu, Lucrezia. Tu. E adesso perché incolpi me?»

«Non posso farlo apparire da sola, se non lo fai anche tu. Lo sai bene».

Lavinia rise. Rise in modo macabro.

«Lavinia, non fare la bambina» disse Lucrezia.

«Sono una bambina...»

«Lavinia, non sei mai stata una bambina. Torniamo in camera, che poi magari viene a cercarci».

Le sentii alzarsi e scappai via, sarei morta se mi avessero trovato lí. Ma quando mi chiusi in camera con il cuore che mi scoppiava, le mani che tremavano e un sudore gelido che aveva inzuppato il vestito bianco, mi convinsi che non potevo sfuggire, che loro certo sapevano che ero dietro la porta. Scacciai il pensiero che si prendessero gioco di me. E cominciai a capire che volevano prepararmi a qualcosa che non conoscevo. Entrai in bagno, aprii il rubinetto della doccia e mi lasciai scorrere addosso l'acqua bollente.

Sentii bussare: era Lucrezia. Entrò e da dietro la porta del bagno, con una grazia ritrovata, mi chiese: «Margherita, oggi suoniamo? Mamma non vuole che giochiamo in giardino. Ti faccio sentire il pezzo che ho studiato». Risposi con un «sí», con un «va bene», cercai di rendere la mia voce squillante e non spezzata dall'angoscia.

Quando scesi era tutto come sempre. Seduta sulle ginocchia del padre, Lavinia sfogliava un libro. Lucrezia mi venne incontro, mi diede un bacio e andò a sedersi al pianoforte. Suonò per me un brano piuttosto difficile che non conoscevo. Quando terminò, mi complimentai: le consigliai di usare meno pedale di risonanza, perché le note alle volte si confondevano, e chiesi chi fosse il compositore e dove lo avesse studiato. Mi rispose che il brano era suo, che era una improvvisazione. E che da grande voleva diventare «una pianista improvvisatrice».

Cercai di sorridere: «Vuoi dire un compositore?»

Mi guardò severa: «I compositori scrivono la musica. Io la suono una sola volta, poi non me la ricordo piú. Ora ti faccio sentire un altro pezzo».

E lí accadde qualcosa che non poteva non farci tutti sobbalzare: me, suo padre, persino Alessandra se dalla sua stanza, dove rimaneva sempre piú spesso, avesse voluto ascoltare. Lucrezia tornò al piano e suonò il *Feux d'artifice* dal secondo libro dei *Préludes* di Claude Debussy. Non è un brano di grande difficoltà, se non sei una bambina di dieci anni, e con poche lezioni di pianoforte alle spalle. Restai sorpresa. Peraltro quella musica, suonata come la suonava lei, pareva venire dagli inferi. Era un Debussy cupo, fosco, straniante.

Ciò che Lucrezia stava facendo non era di questo mondo, il brano era piú difficile del *Notturno* di Chopin che mi aveva fatto ascoltare la prima volta. Suonava come una concertista. Persino le sue mani sembravano diverse sulla tastiera, erano piú grandi.

Mi rivolsi a Umberto, che aveva smesso di sfogliare il libro con l'altra figlia: «Questa bambina è prodigiosa».

Umberto mi sorrise: «Meglio che non lo sappia, se no poi si monta la testa».

Ora voi che state leggendo questo memoriale, voi che conoscete come me la musica, i virtuosi del pianoforte, potete capire l'enormità che sto raccontando. Come era possibile sentirla eseguire un brano del genere, dopo che piú volte mi era stato detto che aveva preso poche lezioni di pianoforte? Che Lucrezia potesse essere capace di questo si può credere soltanto se prendiamo atto che esistono fenomeni inspiegabili, e quello lo era. Peraltro nella villa non avevo mai visto un solo spartito per pianoforte.

Chiesi ancora: «Da quanto non prende lezioni, Lucrezia?»

E Umberto: «Sono mesi ormai. Dovrebbe dargliele lei, Margherita».

Lo presi come un rimprovero.

«Abbiamo iniziato a suonare dei piccoli pezzi. Ma quando stiamo assieme al pianoforte sembra un'allieva normale» risposi.

Umberto fu risoluto: «Come le ho detto, che io sappia, ha preso poche lezioni».

Quel *che io sappia* mi apriva un mondo. Forse qualcuno aveva impartito altre lezioni a Lucrezia, ma lo potevano sapere solo le gemelle. Certo non noi. Forse lo fece qualcuno che non è di questo mondo, e mi è faticoso dirlo, mi è faticoso arrendermi, mettere da parte la ragione e i valori con cui sono stata educata.

Quella sera risuonavano le note di Debussy. Ripensavo al mio maestro al Santa Cecilia, che mi sconsigliò di portare all'esame di diploma di pianoforte Debussy. Perché era piú difficile di quanto si pensi. Non lo feci e decisi per un altro repertorio, tra tutti i brani c'era la *Ballata* numero 4 di Fryderyk Chopin. Mi tornò alla mente il direttore del conservatorio, che dopo il mio concerto in forma di esame mi raggiunse nel corridoio. Mi chiamò per cognome. Mi avvicinai e mi disse: «Le abbiamo dato dieci non per come ha suonato, ma per come potrebbe suonare».

Avevo vissuto e mi ero mossa in un mondo dove la ragione accendeva le nostre coscienze e i nostri talenti. Non avrei mai potuto credere che fuori dalla fatica, dagli esercizi, dalla tenacia, dall'ambizione e dallo studio, ci fosse l'universo illogico in cui ora mi trovavo.

E tra quelle note ripensai alle parole delle bambine: «Non posso farlo da sola, se non lo fai anche tu».

E mi resi conto che Lucrezia non suonava mai il pianoforte se nella stanza della musica non c'era anche sua sorella. A parte le volte che avevamo provato assieme qualche esercizio. Allora, siccome Lavinia non era presente, Lucrezia tornava una bambina pronta a imparare i rudimenti del pianoforte.

21.

«Che io sappia».

Non riuscivo a togliermi dalla testa le parole di Umberto; mi ossessionavano e mi ferivano piú ancora dei terribili discorsi tra le gemelle. E sapevo il motivo: Umberto era complice di quella giostra oscura in cui ero finita. Se lui non era il giostraio, certo aiutava nei lavori di manutenzione, era lí a controllare che tutto andasse per il meglio.

Aspettavo ancora che venisse a chiarirmi quello che mi avevano riferito Giulia e poi Angelina, che mi rendesse partecipe dei suoi affanni, che mi desse la possibilità di avere compassione e pietà per Alessandra, quella donna che in qualche modo amava, e mi spingesse a essere ancora piú protettiva con le bambine. Volevo questo come un segno di complicità. Ma non accadeva.

La mattina dopo, con un tempo tornato sereno, Umberto decise di andare a cavalcare con Lavinia. Fece sellare i cavalli da Gaetano, ma non mi chiese di accompagnarli. Non lo chiese neppure a Lucrezia, che voleva restare in villa, né ad Alessandra, che però inaspettatamente decise di andare con loro.

Era di eccellente umore Alessandra, come solo nei primi giorni mi era apparsa. Ed era piú bella del solito. Rimanemmo io e la gemella. Lucrezia mi chiese il permesso di leggere il libro di Harry

Potter. Io restai in giardino a domandarmi cosa fare. Fuori da Villa Alessandra il mondo doveva essere come sempre, eppure lí dentro nulla entrava. Non ricevevo piú i messaggi di amici e parenti che di solito arrivavano durante la giornata, come mi avessero dimenticato tutti.

Ero incapace di uscire da Camelot: all'inizio per troppa gioia, ora per angoscia. Eppure in quelle ore mi chiesi di continuo: se lo volessi, chi mi potrebbe fermare? Cosí decisi di fuggire. Mi ero portata vestiti e oggetti personali, ma nulla di indispensabile, a parte un paio di anelli, qualche orecchino e un bracciale, oggetti di famiglia, che avrei potuto mettere in tasca. La mia macchina era nel parcheggio. Il telecomando del cancello era tra le prime cose che mi erano state date, ma nonostante le promesse, non ero piú uscita da lí.

Potevo prendere la mia auto, andarmene e non tornare piú. Lucrezia leggeva, anche se ormai sapevo che mi controllava. Gaetano era dalla parte opposta del giardino, rispetto al parcheggio. Salii in camera, misi in borsa anelli, orecchini, presi una sciarpa di seta a cui tenevo molto, che anni prima mi aveva portato mio padre dall'India.

Mi avviai lenta, come facessi una passeggiata. Entrata nel boschetto accelerai e raggiunsi il parcheggio. Non c'era nessuno. Salii in macchina, feci per girare la chiave di accensione che avevo lasciato inserita nel quadro, ma non c'era. Qualcuno l'aveva portata via. Cercai tra i sedili, nel vano portaoggetti, nella piccola tasca del lunotto parasole. Nulla. Scesi e aprii il portabagagli, pensando di averle lasciate lí mentre prendevo i borsoni. Ma non c'era traccia delle chiavi. Erano state tolte. Ed erano state tolte per impedirmi di andarmene.

Capii che le cose si stavano complicando e decisi di chiedere aiuto. Non alla mia famiglia, che solo a iniziare quel racconto mi avrebbe presa per pazza. Mi ricordai di avere l'indirizzo di posta elettronica di un professore amico di vecchia data di mio padre. Concedetemi di non mettere per iscritto qui il suo nome, che del resto è ben noto a voi. Lo faccio per proteggerlo dalle infamanti accuse che gli sono state rivolte. Dirò solo che insegna Storia delle Religioni in una università veneta.

Un giorno a Venezia portò me e mio padre a visitare un piccolo palazzo, una casina, non distante dall'albergo che avevamo prenotato in occasione della mostra del cinema. I veneziani chiamano il piccolo palazzo Casino degli Spiriti, e si dice che sin dal Cinquecento sia visitato da fantasmi. Il professore era per mio padre l'amico strambo, «fissato per riti, misteri, demoni e altre faccende paranormali». Il commento che fece dinanzi a quell'edificio che si affacciava isolato sulla laguna, avvolto nella nebbia, mi sembrò, però, tutt'altro che strambo. Disse che quella storia di spiriti e presenze si doveva forse al fatto che lí, in quel palazzo, che era stato un obitorio, si era installato un gruppo di falsari, che alimentarono la leggenda per tenere lontani curiosi e forze dell'ordine.

Decisi che non c'era persona migliore di lui cui rivolgermi nelle circostanze in cui mi trovavo.

Ritornata alla villa, mi chiusi in stanza e gli scrissi una mail: raccontai di essere in vacanza in un antico castello della Loira e di sentire dei rumori, che le persone del luogo ritenevano opera di fantasmi. Gli chiedevo poi quale comportamento tenere se mi fossi trovata di fronte a un fantasma. E se potevano essere pericolosi. Erano due domande generiche, forse anche ridicole, ma ero convinta che avrebbe capito.

Mi rispose subito: mi confermò che poteva essere pericoloso, ma che di solito i fantasmi vengono evocati, non arrivano da soli: hanno bisogno di un medium, o di qualcuno che li dirige. Ricordo che usò un paragone impressionante: «Sono come degli orchestrali, sanno suonare, ma obbediscono al direttore d'orchestra, che quasi mai è un fantasma, ma è qualcuno con cui hanno un legame terribile. È qualcuno che li domina. Senza i vivi i fantasmi non saprebbero come tornare».

Nella seconda parte della risposta mi indicava un paio di libri da leggere che in quel momento non potevo prendere in considerazione. Scrissi poche parole di circostanza. Ma prima di spedire la mail ricevetti un suo post scriptum che mi avvertiva: «Molti non credono a questi fenomeni paranormali, altri ci credono in un modo esagerato e poco attendibile, ma sappia che è un mondo controverso, i fantasmi non sono soltanto esseri che hanno vissuto nel passato, possono anche aver vissuto nella nostra fantasia, o nella fantasia di qualcuno. E sono quelli i piú pericolosi, perché sono i fantasmi della mente».

Mi vergognai delle domande che gli avevo

posto. Sentivo di aver tradito la mia ragione, di essere dentro un incubo, oltre che prigioniera, visto che il mio tentativo di fuga, incerto e timoroso, si era concluso con una resa. Scesi a vedere cosa stesse combinando Lucrezia. La trovai intenta a leggere il suo libro. Le chiesi se le avrebbe fatto piacere suonare con me. Rispose entusiasta che era anche un suo desiderio. Era la prova che cercavo. E posso dire che feci fatica a insegnarle una *Berceuse* scritta per bambini da Erik Satie.

«Ti ricordi come hai suonato ieri pomeriggio?»

Lucrezia mi guardò senza capire, come non ne avesse piú memoria. Non mentiva, davvero non ricordava. Stavo capendo che senza Lavinia (e viceversa) le gemelle non sapevano oltrepassare certe soglie, soglie che conoscevano solo loro. Rimasta sola, Lucrezia era tornata la meravigliosa gemella che avevo visto correre per il parco la prima volta. Ebbi un moto di pietà. Ora si trattava di capire chi fosse il direttore d'orchestra e quale musica voleva si eseguisse. Se c'era qualcuno che poteva evocare quei fantasmi, andava fermato; o forse mi illudevo che quella storia spaventosa non potesse essere generata, voluta e diretta da due bambine che amavo, anzi che mi pareva di amare da sempre.

22.

Flora aveva preparato il pranzo per tutti noi. Io declinai, me ne restai nel soggiorno fingendo di leggere il mio libro. In realtà volevo osservarli da lontano. Erano a tavola: le due bambine una di fronte all'altra. Come uno di fronte all'altra erano Umberto e Alessandra. Capii che stava accadendo qualcosa di strano, e uso il termine *strano* sapendo che spiega poco o nulla, ma non ne conosco un altro.

Flora serviva a tavola, portava i piatti, li toglieva, cambiava la caraffa dell'acqua, versava il vino ad Alessandra, poi a Umberto. Ma nessuno parlava, nessuno di loro quattro. Neppure le bambine, che di solito erano loquaci e vivaci. Pranzavano in silenzio, le gemelle non smettevano di guardarsi, mangiavano senza staccarsi gli occhi di dosso. Non era cosí per i genitori che tenevano gli occhi bassi.

In questa scena che definirei a dir poco inquietante, e che mi ricordava una storia di automi che avevo letto proprio in un libro di racconti, vidi Gaetano, piú lontano, dritto come una sentinella. Era a una ventina di metri, forse anche di piú, vigilava su di loro ma nessuno lo guardava. Mi colpí il fatto che non avesse l'arto artificiale che copriva sempre con un pantalone lungo, anche in quei giorni d'estate particolarmente caldi. La gamba del pantalone bianco era ripiegata e fissata con una spilla e lui si reggeva in piedi con l'aiuto di una stampella rudimentale. Cercai una ragione per considerare, se non del tutto normale, almeno accettabile la scena che avevo di fronte, ma non ci riuscivo.

Quel modo di stare a tavola della famiglia Ordelaffi mostrava un disagio, una tristezza, un problema che mi era stato nascosto e che riguardava Alessandra: il suo alcolismo, la sua malattia, la sua incapacità di vivere una vita piena. Le sue menzogne, peraltro inutili, che le davano sicurezza.

Alla finestra del soggiorno, mi chiesi a quali misere certezze potessi aggrapparmi in quel mare di sotterfugi, di cose non dette, di vaghe allusioni in cui naufragavo. Non avevo dubbi che il pianista Gibbons e il figlio Miles mi fossero apparsi, avrei giurato che Lucrezia dopo aver eseguito un *Preludio* di Debussy non era stata capace, la mattina dopo, di unire melodia e accompagnamento di un brano assai semplice. Ero sicura di quello che avevo sentito nella stanza dell'oblò che dava sulla cupola di San Pietro; a pensarci ora, una vera e propria negromanzia suggerita da un gioco di specchi: il simbolo della cristianità laddove accadevano fatti inaccettabili per qualsiasi fedele e inaccettabili in generale.

Gaetano mi salutò con la mano: era una sfida piú che un saluto. Era stato lui a prendere le chiavi della mia macchina. Vicino al parcheggio c'erano la sua dépendance e la capanna degli attrezzi.

Non mi mossi dalla finestra (le chiamo finestre perché non ho un termine accettabile per definirle, grandi vetrate forse) e, facendomi coraggio, continuai a guardarli. Non fosse stato per i movimenti delle braccia che portavano la forchetta alla bocca, erano immobili: la testa immobile, immobili gli occhi, fissi, spettrali. Immobile Gaetano.

Era una visione talmente irreale che pensai fosse un'allucinazione. Forse soffrivo di una malattia mentale, una degenerazione cerebrale; oscillavo tra sprazzi logici e stranezze arcaiche, oscure, terribili. Forse Lucrezia non ricordava il suo Debussy perché non lo aveva mai suonato e mi ero convinta di tutt'altro.

Vi scrivo questo non perché oggi abbia dei dubbi: ma perché non voglio che si pensi a me come complice, parte attiva, di questa tragedia. Non voglio che alla fine mi si dica: è vero che non c'erano le chiavi, però, Margherita, chi poteva trattenerla, chi le impediva di chiedere aiuto, di farsi venire a prendere? Aveva un telefono cellulare, una connessione a internet, poteva scrivere, mandare messaggi. Ma non lo ha fatto, fino alla fine, quando è stata costretta a fuggire.

Non voglio che mi si dica che ho sottovalutato quei segni. Ma non ho sensi di colpa. Sono una donna di questo tempo, che non crede ai fantasmi, che ha paura delle persone in carne e ossa. Diventerò un medico psichiatra e curerò le malattie della mente. E ho deciso di prendere questa specialità anche per quello che ho visto nella villa. Ma lí nessuno aveva gravi disturbi psichici, nessuno aveva un vizio della mente. Lí si trattava di manipolarle le menti, meglio: dirigerle, come un'orchestra.

Continuavo a non trovare notizie di quel pianista. Chiesi via mail a un amico giornalista, che da anni scrive di musica, se riusciva a darmi qualche informazione. Avrebbe fatto del suo meglio, rispose. E dirò di piú: nessun libro dedicato a Rem Koolhaas citava tra i suoi progetti, la villa degli Ordelaffi. Era stata realizzata da lui? O anche il racconto di Giulia era falso?

Provai a ragionare, entrare in un sistema di pensiero nuovo: quello che può mettere assieme ragione e spiritismo. Perché non si trattava di fantasmi che si aggiravano in un castello inglese o in qualche dimora antica. Si trattava di morti che apparivano vivi, e vivi che sembravano morti.

Decisi che avrei spezzato le righe, che avrei fatto qualcosa che andava nella loro direzione, avrei attuato una provocazione da cui fosse impossibile tornare indietro, scompaginando quel quadro che vedevo dalla finestra, quella scena rappresentata dal ghigno di Gaetano e dall'immobilità di Alessandra, di Umberto e delle bambine, commiserabili creature, anche se piú pericolose di qualsiasi incubo concepibile.

Ero in pericolo. Un pericolo peggiore di Miles, peggiore del pianista, peggiore dei vetri della villa che non sapevo piú bene da chi fosse stata progettata, della banca londinese di Umberto, di cui non si parlava mai, di Alessandra che non era piú Alessandra, di quel giardiniere ambiguo, del mistero delle chiavi sparite, e di quelle notti dove mi aspettavo che dentro la mia stanza apparisse qualcuno da un momento all'altro.

Voi sapete bene che poco prima di arrivare in

questo luogo, sono fuggita, sono andata a trovare il professore veneziano. So di aver sbagliato, so che avete disapprovato. Qualcuno lo ha definito un ciarlatano, ma quell'uomo è stato l'unico a dirmi quel che ancora mi sorregge, che mi permette di sopportare le mie notti, di non avere sempre incubi, anche di giorno, perché gli incubi del giorno sono i peggiori: «Sappia che ogni orchestra inizia a suonare, per un certo tempo, ma poi la musica finisce».

E qui vi riferisco, senza trascurare alcun dettaglio, quello che raccontai al professore. Portavo un vestito bianco: corto, di lino grezzo. Ero senza scarpe. Tenevo i capelli legati. Uscii dalla loro parte. Di spalle avevo Lavinia e Alessandra, di fronte c'erano Lucrezia e Umberto. In fondo, e sarei dovuta passargli accanto, Gaetano.

Umberto e Lucrezia mi guardarono. Mentre Lavinia e Alessandra non si voltarono: sapevano che ero alle loro spalle. Non ci furono né sorrisi, né la consueta cortesia di Umberto. Passai accanto a loro senza guardarli, come fossi sola in quel luogo, come se quel tavolo apparecchiato non esistesse. Continuai a camminare, sfiorai Gaetano, che sembrava sorpreso, e mi diressi verso il tempietto. Feci questo con grande lentezza e sorridevo: era un sorriso insicuro e spavaldo.

Sapevo che da quel momento niente sarebbe stato piú come prima. E sapevo che al tempietto mi sarei trovata di fronte a *loro*, alle presenze.

Lavinia e Lucrezia l'avevano deciso.

Prima di entrare nel bosco, mi voltai e vidi Lavinia fissare la madre, senza parlare. Proseguii ancora per cento metri e uscii nella stretta radura di fronte a uno dei tre volti della statua di Ecate. Girai attorno al tempietto come fossi io il fantasma e mi imbattei nel secondo volto. Continuai, arrivai nell'unico punto dove nessuna delle personificazioni della dea poteva guardarmi. Ma non apparve nulla. Non c'era il mio pianista con il fiocco, e non c'era Miles, il ragazzo.

«Fu un atto di arroganza. Cosa si aspettava?» mi chiese poi il professore quando ci incontrammo a Venezia. «E poi, lei lo sa che la dea Ecate era una divinità del mondo sotterraneo?» Risposi che lo avevo letto. Ma lui gentile aggiunse: «Ma era anche altro. Intanto si diceva che durante la notte mandasse sulla terra demoni ed esseri fantasmatici. Pare che conoscesse le arti della stregoneria e che dimorasse nei luoghi in cui due strade si incrociavano».

«Sí» risposi, «era la dea dei crocicchi, dei trivi...»

Il professore sorrise: «È vero, ma era anche attratta dal sangue delle persone uccise». Ebbi un brivido, e non per quello che diceva ma per la scena che mi tornava alla mente. L'ultima, prima che fuggissi da lí. Il professore se ne accorse, abbassò la voce: «Ma quello che la sorprenderà è che Ecate era considerata anche protettrice dei bambini e venerata come *kourotrophos*, che in greco significa "allevatrice di bambini". Sono storie che vengono da lontano».

Quel giorno, diventai il quarto volto della dea Ecate, ma non vidi nessuno. Nessuna presenza.

Tornai allora verso la villa. Giunta a pochi metri dall'ingresso, mi accorsi che le bambine mi osservavano dai vetri della stanza di Lavinia, con un sorriso malevolo. Mossi qualche passo e, con un improvviso rovescio del tempo, cominciò a scendere acqua dal cielo come fosse una maledizione, accompagnata da tuoni e lampi.

Uno dei lampi illuminò il laghetto artificiale. Mi voltai al rombo del tuono, e assieme al lampo apparve Miles, in piedi, che guardava le bambine, mentre loro continuavano a guardare me. Sarei andata verso Miles, nonostante tutta quella pioggia, se non fosse scomparso subito e se, con lui, non fossero scomparse anche le gemelle davanti al vetro, e la casa non fosse finita dentro una tenebra immensa.

23.

Avevo provocato l'ira della dea Ecate, portato in superficie il segreto di quella casa, dei suoi abitanti e delle sue presenze. Ora si trattava di farli venire allo scoperto, far dire loro chi fossero e perché mi avessero voluto lí. Il temporale aumentava. I lampi fuori dai vetri illuminavano zone del giardino e io potevo vedere Miles e Aubrey là, dove cadevano i fulmini, come diaboliche sentinelle.

Le bambine avevano scatenato un mondo oscuro, messo in piedi uno spettacolo funesto.

Mi parve di vedere i due cavalli, Miles e Leo, liberi tra gli alberi, spaventati e scossi, nitrire con gli occhi invasati come nel quadro di Donghi che avevo in camera. Mi resi conto che erano le tre del pomeriggio, eppure era scesa la notte.

Entrai in casa, raggiunsi la stanza del pianoforte e fu lí che incontrai Umberto. Stavo piangendo, cercò di consolarmi.

«Margherita, ha paura del temporale?»

Feci cenno di sí con la testa. Ero stordita.

E lui: «Capita spesso qui, ma devo ammettere che questo è davvero forte».

Sentii scendere le gemelle, c'erano strane luci in giardino ma loro non parevano spaventate.

Umberto si rivolse alle figlie: «Per favore, chiedete a Flora se può prepararci del tè caldo».

Parlava con calma, con premura, con voce suadente.

«Alessandra dorme, ha preso un paio di pastiglie per il mal di testa. Spesso mia moglie ha bisogno di sonniferi... Margherita, prima, quando eravamo a tavola, l'ho vista passare. Era cosí assorta che non si è accorta di noi. Ma non si preoccupi, non c'è bisogno di scusarsi. A volte abbiamo momenti di grande concentrazione, e sono quelle le volte che sembriamo piú distratti».

Si versò da bere, in silenzio. Mentre mi volgeva le spalle gettai uno sguardo fuori, dove il temporale infuriava con un continuo rimbombo di tuoni. Quando un fulmine rischiarò il giardino vidi Miles, senza Aubrey. Era vicino alle finestre e guardava dentro casa. Le gemelle, tornate dalla cucina, si avvicinarono al vetro. Gli sorrisero, e lui sorrise a loro e a me.

«Si trova bene qui?» mi chiese Umberto.

Miles fece cenno di sí con la testa, al posto mio. Le bimbe si voltarono verso di me. Non resistetti piú.

«C'è un ragazzo là fuori!» gridai, senza avere il coraggio di pronunciare la parola fantasma.

Umberto cambiò espressione, si fece preoccupato, e sorpreso. Si alzò subito: «Un ragazzo? In questa bufera? Ma dove?»

«Guardi la finestra!»

«Non vedo nessuno» rispose, e sembrava sincero.

Le bambine ora scrutavano il giardino, con quell'espressione grave che avevo notato piú di una volta sul loro volto. Miles era sparito.

Umberto guardò meglio. Poi si voltò verso di me e, con voce mansueta e gentile, cercò di rassicurarmi.

«Non c'erano ragazzi, ma in questo buio alle volte si pensa di vedere ombre che non ci sono. A volte basta un uccello, o un rapace, quando volano hanno un'apertura alare sorprendente. Proiettano ombre piú grandi di quelle delle persone».

Avrei voluto dire che poteva essere stato un barbagianni. Avrei voluto bere il mio tè e lasciare che tutto fosse risistemato, nascosto, serrato in un cassetto. Ma non ci riuscii.

«C'era un ragazzo, là fuori, l'ho visto altre volte. È il figlio del pianista che fece costruire questa casa».

Umberto sospirò. Abbassò gli occhi. Fece un mezzo sorriso.

«Lei permette che mi accenda un sigaro? La disturba?»

Feci no con la testa. Avevo parlato e mi ero già pentita. Mi sentivo in pericolo. Era la sua calma che mi faceva sentire in pericolo: piú raddolciva la voce, piú io ero in preda al panico. Intanto, con una messa in scena giocosa, le gemelle avevano portato il vassoio con il tè e si erano offerte di servircelo. Umberto le ringraziò e chiese loro se potevano lasciarci soli. Come fossero due spettrali sonnambule, si avviarono verso la scala che le portava nelle loro stanze. Umberto prese la teiera, mi versò il tè. Ma non ne versò per sé.

«E cosí Giulia ha parlato con lei. Non lo ha fatto soltanto la povera Angelina».

Proseguí senza aspettare che io rispondessi.

«Alessandra si era ostinata a volerla qui con noi. Era venuta per occuparsi delle bimbe. Ma capimmo presto che non ci sapeva fare. Avevamo deciso perciò di non rinnovarle il contratto. Poi mia moglie scoprí che aveva un buon talento organizzativo e le diede un'altra possibilità». Scosse la testa. «Sbagliò. Soffre di una malattia, si chiama sindrome di Korsakoff, credo. Ma devo chiedere ad Alessandra. Insomma è una malattia per cui ti inventi la realtà, vite che non hai vissuto, una specie di mitomania».

Fece una pausa, e versò il suo tè.

«La malattia la rende instabile. Alessandra piú volte le ha dovuto parlare, l'ha aiutata. Venerdí scorso è stato il suo ultimo giorno di lavoro. Da qualche tempo, con la complicità di Angelina, inventava storie bizzarre. Di gente che abitava questa casa, di apparizioni. L'ha fatto con due persone di servizio che a maggio sono scappate via. Ora capisco che lo ha fatto anche con lei».

Sorrise, un sorriso appena accennato, irresistibile. Mi ricordava quello di Gary Cooper giovane, ritratto da Edward Steichen.

«Devo ammettere che le sue storie rivelavano notevole fantasia e immaginazione: il pianista che abitava qui con suo figlio, Gaetano pirata nel golfo dell'Oman... Alessandra di umili origini».

Scoppiò a ridere, si accese un sigaro.

«Questo terreno appartiene alla mia famiglia da quattro secoli. Non c'era nessun pianista qui. Riguardo a Gaetano, anche Gaetano, mi duole dirlo, è mitomane, si inventa storie inverosimili.

Ma dopo l'incidente con il figlio... lei mi capisce, si può impazzire... Però mi creda, se non ci fosse lui, qui non funzionerebbe nulla. È il nostro direttore d'orchestra. Obbediamo tutti alla sua bacchetta, solo le bambine gli tengono testa».

Si avvicinò alle finestre.

«Dunque, Giulia le ha persino riferito che il ragazzo che lei ha visto piú volte si chiama Miles».

Rabbrividii. Con voce alterata ebbi la forza di esclamare: «Ma io non le ho mai detto questo! Le ho detto di un ragazzo là fuori, ma non che l'ho visto altre volte, e che si chiama Miles...»

Ero sconvolta.

Umberto ebbe un attimo di imbarazzo. Poi prese a recitare, ero certa che recitasse.

«Margherita, lei non lo ricorda perché è scossa. Me lo ha detto poco fa».

In quel momento riapparvero le bambine. Si fermarono a guardarci. Mi voltai, perché Umberto sembrava vedesse qualcuno alle mie spalle. Aubrey Gibbons era seduto al seggiolino del pianoforte. Non davanti alla tastiera ma di tre quarti, come fosse interessato alla discussione.

Gridai ancora: «Eccolo! Il pianista!»

Umberto lo aveva visto, ne ero certa, avrei scommesso la mia vita su questo convincimento. Lo aveva visto, e fingeva di non vedere. Erano state le bambine a far apparire Aubrey al pianoforte.

Umberto aggrottò la fronte, mi fissò in volto. Ero pallida, sul punto di perdere i sensi. Mi aiutò a stendermi. Mi chiese se poteva parlarne con un medico, dato che i miei nervi erano scossi e per la seconda volta in pochi giorni avevo avuto delle visioni. «Anche l'altro giorno al tempietto, lo ricorda?»

«Io non ho detto che ho avuto una visione al tempietto» risposi.

«Oh sí che lo ha detto, Margherita. Lo ha detto a me».

«Non è vero. Ho detto solo che ero svenuta».

«Oh no. Come potrei mai sapere queste cose se non me le avesse dette lei? Le ha dette solo a me, per fortuna non lo ha fatto con le bambine...»

Poi cambiando tono, in modo affettuoso, seduttivo: «È una fortuna per lei che non siamo andati a vivere nel palazzo di famiglia a Roma, lí si dice che i fantasmi ci siano veramente e da secoli. Eppure ci ho vissuto fino alla giovinezza, e non ne ho mai visto uno. Qui può stare tranquilla, è tutto moderno. I fantasmi...» sorrise «non amano le case moderne». Poi dopo una pausa che mi parve artificiosa: «Lei ha bisogno di riposo. Rimanga qui distesa, provi a dormire. Mi chiami se ha bisogno».

24.

Restai con gli occhi aperti. Ogni scricchiolio, ogni minimo rumore mi incutevano spavento.

Mi alzai, andai verso il pianoforte, come per accertarmi che non vi fosse piú traccia di Gibbons. Tolsi il panno rosso che copriva la tastiera. I tasti bianchi, nuovi, dello Steinway di Lucrezia erano diventati gialli, il giallo del vecchio avorio. Erano anche sconnessi, come accade nei vecchi pianoforti che hanno avuto un cedimento della meccanica.

Cominciai a passare da una parete di vetro all'altra cercando di vedere fuori quanto piú possibile.

Mi voltai e lo vidi ancora una volta, era alle mie spalle. Di nuovo seduto al piano, con il suo fiocco alla lavallière, con quel pastrano nero, con il pizzetto da spadaccino. Mise le mani sulla tastiera, ma non cominciò a suonare subito. Aspettava, come cercasse di concentrarsi: aveva un sorriso indefinito, un sorriso che non era rivolto a me, ma a qualcuno che non mi appariva. Ebbi la certezza che c'era un'altra presenza ancora in quella stanza. Ma non mi era concesso vederla, non ne avevo il privilegio.

Aubrey Gibbons alzò leggermente il mento, accentuò il sorriso e prese a suonare, come avesse ottenuto il permesso di farlo. Feci uno sforzo per avvicinarmi a lui. Ogni passo era come la scalata di una parete ripida di montagna. Ma lo stupore venne quando riconobbi il brano, perché quel brano io lo conoscevo bene, l'avevo sentito eseguire da Vladimir Ashkenazy, avevo studiato lo spartito, ma nessuno di noi allievi aveva il coraggio di suonarlo, troppo difficile e soprattutto torbido. Aubrey Gibbons stava eseguendo la *Sonata* numero 9, la *Messa nera*, di Aleksandr Skrjabin. Una musica terribile, scritta da un compositore che sapeva scoperchiare l'inferno, specie negli ultimi anni della sua vita.

Ero certa che tutti nella casa stessero ascoltando, anche perché era impossibile sfuggire a quella musica: era piú inquietante di qualsiasi parola. Aubrey Gibbons, o quel che era rimasto di lui, aveva gli occhi di un manichino: vitrei e inespressivi. Stava dialogando con qualcuno che era lí con noi, stava eseguendo quel brano come un obbligo, un obbligo verso questa entità misteriosa.

Cercai di non ascoltarlo, mi coprii le orecchie, ma il suono del pianoforte sembrava arrivare ovunque, forse fino al tempietto o anche piú lontano. Provai ad allontanarmi, ma furono le due gemelle a sbarrarmi la strada, apparse all'improvviso davanti alla porta. E dietro di loro c'era Miles, con una mano poggiata sulla spalla di Lucrezia, come fossero tutti e tre in posa per un ritratto.

Urlai. La musica cessò all'improvviso. Mi voltai verso il pianoforte e Aubrey era in piedi con le mani sul volto. Fuori vidi delle ombre, c'era qualcuno in giardino. Pensai che Umberto avesse assistito a quella scena spaventosa, da fuori, sotto la pioggia. Ma non era Umberto, era Gaetano. Me lo trovai di fronte, dall'altra parte del vetro riparato da un ombrello. Si avvicinò alla porta, facendomi un cenno, chiese di poter entrare.

Erano tutti spariti: il pianista, Miles, Lavinia e Lucrezia. In quel momento Gaetano mi appariva come la creatura piú rassicurante che avessi mai incontrato.

«Mi perdoni, il vento ha portato via il tetto del capanno degli attrezzi e l'acqua ha fatto il resto, anche sul mio cellulare. Non si accende piú. Ho bisogno di chiamare degli aiuti, prima che si rovini tutto. Posso usare il telefono? Il signor Umberto non c'è?»

Poi si guardò attorno, perplesso: «Signora Margherita, sta bene? Ha un'aria sconvolta».

Dissi di no, con un cenno della testa. Lui guardò il pianoforte: «Stava suonando? Ho sentito della musica».

«Sí, io...»

«È una fortuna saper suonare» aggiunse Gaetano.

Non commentai. Lo feci entrare. Strofinò le scarpe sullo zerbino, meglio che poteva, e zoppicando piú del solito andò al telefono fisso che stava nel soggiorno. Alzò la cornetta e prima di comporre il numero sulla tastiera scrollò la testa.

«Non c'è linea».

«Usi il mio cellulare» replicai.

Lo prese, e compose il numero sul mio telefono. Aspettò che qualcuno rispondesse. Intanto mi parlava: «Un temporale tremendo, vero? Si è spaventata dei fulmini?»

Feci ancora una volta cenno di no con la testa, mentre continuavo a guardare fuori. Gaetano se ne accorse e si voltò nella mia stessa direzione. Non c'era nulla: solo acqua e buio.

«Quando ero per mare, temporali come questo sollevavano onde anche di venti metri. Le navi ballavano come fosse un terremoto. Solo che ballavano per ore, per giorni interi alle volte. I marinai stavano male. Non immagina quanto. Non creda ai marinai che non soffrono il mal di mare, lo soffrono anche loro».

Mentre diceva questo mi restituí il cellulare.

«Non rispondono. Deve essere un disastro ovunque».

Non volli far cadere il racconto della nave e della tempesta. «Lei è stato un marinaio?» chiesi.

«Sí, e ho perso la gamba proprio in un incidente di mare».

Ero sbigottita: «Un incidente di mare? Ma come? Non accadde qui vicino, con suo figlio?»

«Mio figlio? Avrei voluto un figlio. Ma il buon Dio non mi ha dato questa fortuna».

Mi scappò una risata nervosa, convulsa e irrefrenabile. Lui mi guardò, severo: «Signora Margherita, non è divertente».

Chinai gli occhi. L'imbarazzo aveva superato la paura.

«Mi scusi» sussurrai.

Poi ebbi il coraggio di guardarlo. La gentilezza era svanita. Il volto era quello di un uomo duro, aspro. Le sue pupille erano diventate piccole come spilli, il collo gonfio, le sopracciglia inarcate. Si contenne, tuttavia. Controllò l'ira che gli avevo scatenato e riprese a parlare con inaspettata calma.

«Ho avuto un passato turbolento, come accade ai giovani alle volte. Vengo da una terra povera. Cosí, emigrai e andai a lavorare per una società di costruzioni in Arabia Saudita. Facevamo tubi per oleodotti. Nel deserto il caldo ti uccideva peggio della febbre gialla. Avevo vent'anni. Un giorno fui avvicinato da tre uomini: due siriani e un inglese. Mi dissero che si poteva guadagnare bene per mare. Bastava abbordare le navi commerciali che passavano da quelle parti col loro carico di merci preziose. Mi lasciai convincere. Se non avessi avuto l'incidente avrei continuato e mi avrebbero preso, prima o poi. Ma sono ritornato a casa. E da qualche anno vivo qui. È una storia semplice».

La voce ora pareva rassicurante. Ma il suo aspetto, quello no, il suo viso era teso, come un felino che ti sta studiando, che sta decidendo dove colpirti.

«Qui cercavano un giardiniere, e io in campagna ci sono cresciuto. Anche se giornate come queste non le auguro proprio a nessuno. Con questi cieli la notte scende quando decide lei, anche in pieno giorno».

Mentre diceva queste parole gettò uno sguardo dietro le mie spalle. Mi voltai e vidi che le gemelle erano scese e guardavano fuori, dove tre ombre camminavano assieme. Se la mia fantasia non fosse stata segnata da fosche visioni, avrei giurato – ma in quel momento quanto potevo permettermi di giurare, quanto ero in me per dire: *fu cosí?* –

che si trattava di tre uomini. I due piú esterni reggevano l'uomo che stava al centro. Portavano dei grandi cappelli, schiacciati sulla fronte, sembravano dei copricapi di tela cerata, di quelli utili a riparare dalla pioggia, e riflettevano la poca luce che c'era. Uno dei tre sembrava tenere in mano una lanterna, ma erano troppo lontani per capire meglio.

In quel momento sentimmo un fischio leggero e breve. Dico sentimmo perché anche Gaetano si voltò, mentre le gemelle restarono impassibili. Il fischio si ripeté altre due volte, era un segnale.

Gaetano impallidí: «Sono loro, devo andare». E con una velocità che non gli avevo mai visto uscí in giardino e scomparve sotto la tempesta.

25.

Andai a chiudermi nella mia stanza. Girai la chiave nella serratura. Avevo paura di tutti, non osai neppure andare a cercare le gemelle. La tempesta in giardino piegava gli alberi, il vento soffiava forte e generava uno strano suono a contatto con i vetri della casa, sembrava una campana tibetana. Mi sorprese, pensai che non fosse casuale, che Rem Koolhaas avesse previsto anche questo nella progettazione della villa: che potesse, cioè, accogliere il vento, generando suoni rilassanti, armonie per meditare.

Quella litania riuscí a calmarmi. Non temevo per la mia incolumità. Mi ostinavo a pensare che proteggere e salvare Lavinia e Lucrezia da quel mondo oscuro fosse la cosa piú importante. Salvarle anche da Alessandra, Umberto e Gaetano, qualora fossero complici e non vittime di quel rituale spaventoso.

Intanto la pioggia e il vento stavano scemando. C'era un po' di luce oltre gli alberi piú alti. Mi illusi che sarebbe venuto il bel tempo e, con il bel tempo, tutto sarebbe tornato normale, placido.

Le note dell'esecuzione della *Messa nera* di Skrjabin risuonavano, però, nella mia testa. Note cupe, minacciose, inquietanti, di una sonata per pianoforte che mai avrei voluto tra i miei spartiti, che avevo ascoltato, e dal vivo, una sola volta.

Può esistere una musica piú diabolica di quella? Può la musica alterare il nostro equilibrio, mostrarci l'abisso fino a quel punto? Con Skrjabin era cosí. Un uomo ossessionato dall'esoterismo, figlio di un mondo ormai scomparso di sensitivi e di medium, un compositore che volle spalancare porte invisibili nelle sue melodie. Ne ero attratta da ragazza, e non soltanto io, ma con il tempo i miei studi di pianoforte andarono in altre direzioni, dimenticai quel mondo e mi dedicai soprattutto a Mozart, ai suoni cristallini, alla pace che ti restituisce la musica quando è grande musica. Ritrovarmi qualche ora prima dinanzi a uno spettro che suonava la *Messa nera* di Skrjabin era quanto di peggio potessi aspettarmi.

C'era inoltre qualcosa nell'esecuzione di Gibbons che mi inquietava di piú della stessa sonata numero 9. Era quello sguardo rivolto verso l'entità che io non potevo vedere, ma che lui vedeva. Di certo la vedevano anche le gemelle, e Miles naturalmente. Un'ombra, una presenza invisibile, ma chiaramente avvertibile. Forse la divinità ecatea o addirittura lo stesso Skrjabin, morto nel 1915 mentre stava lavorando a *Mysterium*, una gigantesca e ambiziosa opera che voleva fosse eseguita in cima all'Himalaya.

Il cielo intanto virava verso il color magenta, le forme del giardino erano riapparse. Aprii la porta della mia stanza e scesi, Flora stava facendo ordine in soggiorno. Le chiesi se avesse sentito della musica poco prima.

«Certo, era la signorina Lucrezia a suonare» mi rispose.

«La signorina Lucrezia?» chiesi perplessa.

«Era al pianoforte poco fa. Ma la signora Alessandra ha mal di testa e mi ha detto di farla smettere».

Chissà perché mentiva. Lucrezia non aveva toccato il pianoforte quel giorno, e certo non avrebbe mai potuto eseguire una sonata di Skrjabin.

«La piccola Lucrezia... suonare quelle note? Non credo proprio» dissi.

Flora smise di mettere le tazze del tè sul vassoio e mi guardò, sembrava volesse incenerirmi.

«E chi sennò, signora Margherita. Lei qui non c'era, io sí, l'ho sentita io suonare».

Fuori Gaetano era già al lavoro: toglieva i rami caduti vicino alla casa. Guardò verso di noi e fui certa che ci fu un cenno di intesa tra loro.

Poi Flora aggiunse: «Le bambine e i signori cenano in camera questa sera, loro quattro assieme. Vuole che porti anche a lei la cena?»

Risposi che non aveva importanza, e tornai nella mia camera.

26.

Presi un paio di sonniferi e finii in un dormiveglia incerto, in uno stato di coscienza che mi confondeva, in pensieri che avevo voluto tenere lontani. Pensai persino che Lucrezia e Lavinia non esistessero nella realtà, ma che fossero due creature fatte della stessa sostanza di Gibbons e di Miles. E pensai che fossero dei fantasmi anche Flora e Gaetano. Tutti loro. Ma era l'effetto dei farmaci. Un effetto che prolungò il mio torpore fino alla metà della mattina dopo, quando mi ripresi con un vento fortissimo che fischiava e dei tuoni e lampi lontani senza che fosse ancora arrivata la pioggia. Fu tutt'uno ripensare alle fantasie che mi avevano accompagnato per ore e chiedermi che fine avessero fatto le gemelle. Decisi cosí di andare nella loro stanza.

Entrai nella camera di Lavinia. Le bimbe stavano colorando un quaderno con disegni di animali. Mi guardarono senza smettere di colorare. Parlò Lucrezia, per prima.

«Sei stata male?»

Rimasi in silenzio. Lucrezia mi aveva fatto questa domanda senza guardarmi, come una domanda qualsiasi. Mi feci forza.

«No, sto bene. E voi state bene, bambine?»

Lavinia smise di colorare la sua parte di disegno. Si alzò in piedi e mi guardò indifferente. Prese il quaderno e si avvicinò, pareva vezzosa.

«Ti piace?» chiese mostrandomi il disegno di un cavallo nero.

«È Miles?» domandai a Lavinia.

«No, è Leo» rispose Lucrezia, che stava continuando a colorare.

Fuori era ripreso a piovere, in modo sempre piú intenso, in pochi minuti l'acqua aveva cancellato il paesaggio, il cielo era tornato nero, si fece buio nella stanza. Lucrezia andò ad accendere la luce.

«E perché non metti anche Miles nel disegno?» chiesi a Lavinia.

«Perché Miles non sta in questo mondo».

Osai: «Miles non è un cavallo?»

Lavinia e Lucrezia si scambiarono un cenno di intesa, poi Lucrezia, rivolta a me: «Miles è qui».

Guardai fuori. Miles era lí. E ci guardava da giú. Mi feci coraggio, lo indicai alle bimbe: «È lui, il ragazzo che stava con voi ieri».

Non si voltarono verso la finestra, come non ne avessero proprio bisogno. Lavinia mi fissò.

«Da quando sei arrivata tu loro sono tornati. Non ci piace che loro sono tornati».

Lucrezia la guardò e sorrise; poi, come fosse stata rimproverata da Lavinia, tornò seria.

«Loro chi?» chiesi.

«Loro» ripeté Lavinia. «Li hai visti anche tu».

«Ma chi sono loro?» domandai.

«Chiedilo a Gaetano, lui lo sa» rispose.

«Gaetano?»

Lucrezia disse solo: «Lui è come loro».

Lavinia andò verso il vetro: «Sono lí, guardali».

Con una forza che non credevo piú di avere, cercai di rassicurarle, e di rassicurare me stessa: «Non dovete aver paura».

Andai verso il vetro per cercare di abbracciare Lavinia. Ma lei mi tenne a distanza: «Noi non abbiamo paura. Sei tu che hai paura».

Era agosto, ma se fuori da quei grandi vetri fosse preso a nevicare non mi sarei sorpresa. Sentivo freddo, il cielo era tornato nero, scuro. La casa di vetro sembrava esposta a quelle presenze che ora, da fuori, ci guardavano.

Lucrezia li indicò: «Loro e Gaetano si conoscono».

Perdetti ogni ragione, capii che non dovevo essere io ad aiutare le gemelle, ma il contrario. Mi sbarazzai di ogni remora, di ogni scrupolo, arrivai a chiedere, a chiedere a delle bambine, di tutti i misteri di quei giorni. Lo feci perché intuii che loro sapevano, o forse potevano: potevano evocare, far sparire, persino fermare quella tempesta, schiarire quel cielo, una volta per tutte.

«Loro cosa vogliono da voi?» chiesi.

Fu questa la domanda che non dovevo fare, che mi ha rivelato il male: il male del mondo. La tenebra che cerchiamo di non vedere, di non capire, ma che ci raggiunge sempre, è fatta di questo, di questa materia sfuggente, di queste antiche credenze, di queste divinità antichissime che ancora sfidano le religioni moderne, le cose nascoste sin dalla fondazione del mondo. E ci sono e ci imprigionano, e ci tolgono la ragione.

Mi sono maledetta per aver fatto quella domanda. Mi sono maledetta nel sentire la risposta e nel sentirla proprio in quel modo, con una voce sola, all'unisono.

«Niente» dissero. «Loro ci obbediscono. Questo conta».

Non capii subito, poi ripensai alle ambiguità di quei giorni. A quelle espressioni: «Che io sappia», a Umberto che diceva: «Obbediamo tutti alla sua bacchetta», riferendosi a Gaetano come fosse un direttore d'orchestra, ma poi aggiungendo: «Solo le gemelle gli tengono testa».

Perché tutti obbedivano alle gemelle. Tutti erano ai loro ordini: una possessione. E le gemelle erano capaci di scatenare persino le tempeste.

Entrambe guardarono fuori: c'erano Miles e Gibbons, e le tre ombre che avevano fischiato a Gaetano. L'uomo al centro era rischiarato dalla luce della lampada, e aveva una benda che gli copriva gli occhi.

«Devono custodire il tempietto, fare in modo che nessuno ci vada. Ce lo ha detto lei» disse Lucrezia.

«Lei?» chiesi incredula.

Lavinia mise un dito alle labbra invitandomi al silenzio: «Non dire il suo nome. Non si deve dire il suo nome».

Lucrezia alzò le spalle e aggiunse: «La colpa è tua. Sei stata tu ad andare al tempietto. Sei stata tu a richiamarli, a richiamare tutti loro. Non dovevi andarci, non dovevi toccare la statua, loro sono venuti solo per te».

Uscendo dalla stanza vidi Alessandra, stavo per andarle incontro ma era terrea. La chiamai, piangendo. Gridai piú volte il suo nome ma non mi sentiva. Mi voltai e non potrò mai dimenticare lo sguardo immobile delle gemelle, come quello di due bambole senza vita.

Alessandra mi passò accanto senza neppure vedermi e abbracciò le gemelle, entrambe.

Tutte e tre stavano piangendo.

27.

Passarono alcune ore, io credo. La pioggia era intensa, poi smetteva, e subito riprendeva con ancora piú forza. Pensai al modo di andarmene, ma con quel tempo e in quelle condizioni era impensabile. Decisi di scendere a pranzo, di affrontare la realtà, ancor prima dei fantasmi che stavano tormentando le nostre vite.

Li trovai tutti a tavola. Le bambine mi ignorarono, Alessandra non mi degnò di uno sguardo. Solo Umberto mi salutò, con freddezza. Lui mi avrebbe parlato, ero certa che avremmo avuto un chiarimento. Umberto restava l'uomo che era sempre riuscito a calmarmi. Un uomo che il destino aveva messo dentro questo mondo folle per evitare che tutti sprofondassimo. Ma non andò cosí.

Si rivolse a Flora: «Margherita pranza con noi».

Alessandra mi guardò e prima che venissi servita a tavola, disse che voleva parlarmi, subito.

Lo fece lei, non Umberto. Ormai era chiaro: Umberto mi stava tradendo.

Andammo nella zona del pianoforte. Alessandra rimase in piedi. Io mi sedetti sulla poltrona.

«Questa mattina le bambine si sono spaventate».

Risposi che mi dispiaceva. Ma Alessandra non mi ascoltava. Era severa, dura.

«Cosa le è venuto in mente? Cos'è questa follia dei fantasmi, del ragazzino fuori nel giardino?»

«Alessandra, io li ho visti» riuscii solo a rispondere.

Alessandra andò verso la vetrata che dava sul giardino: «Umberto mi ha detto del vostro colloquio di ieri sera. E ho visto quanto Lavinia e Lucrezia fossero scosse. Non è accettabile. Devo chiederle di andarsene, questo pomeriggio».

La guardai incredula: «E lei come farà?»

«Finché mio marito resterà qui troveremo un modo. Poi cercherò un'altra persona».

Alessandra era sicura, decisa, tutt'altro che smarrita. Ma questa volta lo sguardo, la voce non mi lasciavano dubbi sulla sua ostilità nei miei confronti.

«Ma Umberto...» aggiunsi.

Rispose sprezzante: «Umberto è della mia stessa opinione. Anzi è stato ancora piú risoluto. Fosse stato per lui, le avrebbe chiesto di lasciare la villa ora».

«Me ne posso andare subito».

«Nel pomeriggio andrà bene».

«Potrò salutare le bambine?» chiesi.

«Non è opportuno. Le bambine non la vogliono piú vedere. E ora può salire per fare i bagagli».

«Come vuole» e feci per alzarmi. Ma Alessandra mi fermò.

«Il mio consiglio è che lei prenda in considerazione la possibilità di farsi curare. La sua mente si è perduta».

Non riuscii a replicare, a rispondere alcunché, perché mentre lei diceva queste parole ed era ripreso a piovere, vidi sul limitare del bosco prima un'ombra e poi una figura. Era lontana, vestita di nero. Stavo per indicarla ad Alessandra, ma mi trattenni, non volevo lasciare la villa con un cielo come quello. Mi faceva paura. Se avessi insistito a parlare ancora di fantasmi sarei stata costretta a farlo.

Ma non serví. Alessandra guardò me, i miei occhi e guardò fuori. Capii che doveva aver visto qualcosa, perché si voltò impressionata, come volesse subito scacciare quell'apparizione. La figura entrò nel bosco e sparí alla mia vista nel punto in cui la vegetazione conduceva al tempietto.

Alessandra riprese allora il suo contegno gelido e spavaldo, dinanzi al quale compresi di non avere alcuna intenzione di lasciare quel luogo prima di aver messo in salvo le bambine e Umberto; anche se Umberto mi aveva tradito e mi aveva deluso. Alessandra era una donna malata, che non aveva il senso della realtà, che andava protetta e curata. Solo io potevo salvare le bambine. E invece Umberto mi stava mettendo alla porta. Mi stava cacciando.

Alessandra si avvicinò alla biblioteca e aprí uno sportellino, commentando sconsolata: «Ancora pioggia. Un'estate balorda».

Vidi il vetro di una bottiglia che brillava. Si versò del gin e mi guardò con aria di sfida.

«Ne ho bisogno, dopo tutto quello che lei ha fatto accadere».

«Io non ho fatto accadere niente. Semmai Lucrezia, assieme a Lavinia».

Alzò la voce: «La smetta!»

Aveva ripreso a bere, Giulia aveva ragione dunque!

La guardai con fierezza. Era lei a doversi giustificare dei fantasmi della sua mente che la costringevano a bere, forse già dalla mattina. Ero sicura che avrei affrontato tutto: Miles, il tempietto, il temporale, persino Umberto. Il mio pensiero tornò a quelle due povere gemelle sbandate. Andavano aiutate, e l'unica a poterlo fare ero io.

Entrò Umberto. Guardò il bicchiere nella mano di sua moglie. Colsi una rassegnazione nel viso di quell'uomo. Alessandra non si curò affatto del suo sguardo di rimprovero. Io mi innervosii, perché Umberto non aveva alcuna premura nei miei confronti, come non fossi già piú in quella stanza, in quella casa, in quel giardino, nella sua vita.

Alessandra posò il bicchiere, aveva bevuto il gin in un solo sorso, poi rivolta a Umberto: «Con questa tempesta non è il caso. Aspettiamo che il tempo migliori, intanto ora Margherita sale in camera e prepara la valigia».

«Può accompagnarla subito Gaetano, e poi le riporterò la sua auto».

Lei lo guardò, con una espressione alterata: «No, questo non è possibile».

Mi alzai. Passai accanto a Umberto che non si degnò di rivolgermi neppure uno sguardo. Barcollando salii la rampa di scale ed entrai nella mia stanza.

28.

Nella casa si fece silenzio. La pioggia cadeva affondando sul prato come se il cielo e la terra tornassero a fondersi.

Le bambine dovevano essere con il padre. Gaetano non era mai apparso là fuori. Alessandra mi aveva ferito, mi aveva sfidato, non ero piú niente per lei.

Ma l'aspetto peggiore fu il sentimento di Umberto, il suo voltafaccia. Forse era vero che Giulia era stata mandata via perché tra loro c'era una relazione.

Il tradimento di Umberto mi feriva, mi offendeva, mi rendeva rabbiosa. Camelot si era disintegrata dentro quella tempesta di tuoni, lampi e acqua. E le bambine non potevano essere delle creature innocenti: loro sapevano, loro mi avevano parlato, mi avevano detto, vedevano quello che vedevo io. Non ero stata io a spaventarle, semmai era avvenuto il contrario.

Avevo paura. Vedevo ombre, nel bosco, dalla parte del tempietto. Dovevo capire, avere un chiarimento con Umberto. Avevo tempo, non potevo andarmene con quella tempesta d'acqua. Mi specchiai e avrei fatto spavento a chiunque, sembravo io stessa un fantasma.

Voltandomi vidi le gemelle sotto la pioggia, andavano verso il tempietto. La verità di tutti quei fatti misteriosi era piú vicina di quanto pensassi. Ma fui presa anche da un sentimento protettivo. Quelle bambine andavano salvate: da loro stesse e da quei genitori che obbedivano ai loro ordini. Dovevo spezzare quella catena malvagia. Solo io potevo farlo: Umberto e Alessandra non solo non erano in grado di contrastarle, ma ne erano succubi. Lo dimostrava la follia di pensare di farmi riaccompagnare da Gaetano, una follia che era stata suggerita a Umberto proprio dalle gemelle, non c'erano dubbi.

Ero in un tale stato di stravolgimento della mente da non riuscire a capire chi fosse davvero in pericolo, se ero io che dovevo temere il peggio, oppure le gemelle. Riguardo a Umberto e Alessandra, ormai di loro mi importava assai poco.

Mentre scendevo le scale sentii le risate delle bambine: provenivano dalle loro stanze. Come era possibile? Le avevo viste camminare in giardino solo qualche minuto prima dirette verso il tempietto.

Ero in pericolo. Non sapevo in che modo difendermi. Su un tavolo c'era un tagliacarte con il manico in avorio. Lo presi e andai a cercare Umberto, avevo ancora bisogno di lui. Lui mi avrebbe aiutata, lui era stato cosí sereno, logico, ero sicura che mi avrebbe detto parole sensate, che tutto sarebbe tornato come prima.

Chiamavo Umberto impugnando il tagliacarte, pronta a colpire chiunque si fosse avvicinato a me o a lui, pronta a soccorrere le bambine e Alessandra se mi avessero chiesto aiuto.

Umberto in casa non c'era, arrivai fino alla

stanza dell'oblò. La cupola di San Pietro era illuminata dai fulmini. Decisi di cercarlo in giardino e fui assalita da un muro di acqua. Doveva essergli accaduto qualcosa. Loro lo avevano preso.

Rientrai in casa e sentii ancora le voci delle gemelle che parlavano con la madre, ma non riuscivo a distinguere le parole. Finché guardando fuori da una finestra vidi Umberto: era davanti alla casa, dovevo aiutarlo.

Uscii, chiamandolo. Ma lui si voltò e mi guardò: era furente, minaccioso. Non era piú lui, il suo sguardo faceva paura. Le gemelle l'avevano imprigionato, lo avevano trascinato con loro, avevano cambiato il suo sguardo.

Umberto fissava il mio tagliacarte, che tenevo come fosse un pugnale, mi guardava negli occhi e poi guardava il tagliacarte. Me lo avrebbe strappato dalle mani, ma era l'unica arma che avevo per difendermi. Capii che mi avrebbe disarmato e poi colpita. Era spaventoso, ma stava per accadere questo. Non aveva piú niente di quell'uomo che piú volte mi aveva parlato con tanta calma, con tanta logica, persino con amore.

Cominciò a blandirmi avvicinandosi, con quel tono suadente, protettivo che gli conoscevo, ma che adesso mi appariva come una menzogna, un inganno.

«Margherita, calmati, dammi quel tagliacarte. Va tutto bene...»

Non andava tutto bene. Sentivo delle risate. La risata di Aubrey, quella di Miles. Ci guardavano dalla stanza del pianoforte e sorridevano. Come aspettassero che Umberto facesse quello che gli era stato ordinato: da loro, e prima ancora dalle gemelle.

Umberto si avvicinò con prudenza, il suo sguardo era infido, ambiguo.

«Margherita, dammelo, coraggio» ripeteva, tendendo la mano, aperta, che non piú di qualche giorno prima aveva accarezzato i miei capelli.

Quale peggior tradimento era il volermi sedurre per poi colpirmi, forse per uccidermi? Perché io so che lo avrebbe fatto, che mi avrebbe uccisa. Dovevo colpirlo, lí, dove diceva il mio libro di anatomia: «Nel mediastino anteriore, tra i due polmoni», colpirlo al cuore, quel cuore gelido che mi aveva conquistato e poi tradito. Non era colpa sua: quello che stava per fare, non rispondeva alla sua volontà, ma non c'era tempo, dovevo salvarmi, dovevo salvare le bambine.

Mi guardai attorno. Non vedevo niente, sentivo solo delle voci, un coro: «vendicatevi, vendicatevi di colui che ride di voi». E mi parve che Umberto ridesse di me.

«È mostro dagli occhi selvaggi, non essere umano. Frena la violenza di quell'uomo feroce. Beato chi scampa alla tempesta perché la fine è fatta di gemiti, è fatta di lacrime» dicevano le voci che arrivavano dal bosco.

Sentii alle mie spalle un vento freddo improvviso, mi avvertiva di Gaetano: doveva essere lí, dietro di me, pronto a fermarmi.

Umberto ripeteva il mio nome, per confondermi. Ogni volta che lo pronunciava, per me era una festa, un'emozione. Ma non certo in quel momento.

Mi scongiurava: «Margherita...» Ma non doveva farlo: non doveva scongiurarmi, era un inganno, un tradimento. Umberto cercò di bloccarmi il braccio. Ma fui piú veloce e lo colpii proprio al centro del petto: la lama passò tra le costole senza alcuna resistenza. Anche lui era diventato un'entità, non feci fatica a far entrare il tagliacarte fino al manico, e oltre. Umberto pareva privo di materia, la lama arrivò fino al cuore senza alcuno sforzo, cosí, in un modo naturale, come un gesto semplice.

Avevo colpito un fantasma, ne ero certa, lui era uno di loro.

Umberto cadde di schiena, sentii il tonfo del corpo. Il sangue uscí in un rivolo lento e la pioggia pareva volerlo lavare subito.

Gridai per quello che avevo fatto, ma capii che ero ancora in pericolo, che dopo Umberto altri avrebbero obbedito alle gemelle, alla dea Ecate, a Gaetano, ormai non sapevo neanche piú chi comandasse davvero in quel sabba orrendo. Ma il giardino era tornato deserto. Decisi di andare al tempietto. Erano lí, loro erano lí, ne ero certa.

Il tempietto era immerso nel buio. Non vedevo niente, ma sentivo quelle voci, venivano dal bosco: «La fine è sventura, la vita tranquilla e il pensare assennato non conoscono tempesta e difendono le case, uomini folli e sconsiderati».

Cominciai a girare attorno al tempietto, con il mio tagliacarte impugnato come un coltellaccio, pronta a difendere quella casa, a colpire chiunque di loro si fosse presentato davanti a me. Continuavo a non vedere nessuno, finché tra gli alberi, che si accendevano man mano che i fulmini si infittivano, mi vennero incontro delle figure.

Fuggii cercando di tenere lontani quegli esseri maligni e mi trovai di fronte Gaetano. Fu un sollievo. Quell'uomo mi avrebbe aiutato, non temevo la sua ambiguità in quel momento. Erano molto peggio le presenze dentro il bosco.

Ma il giardiniere non era piú un giardiniere gentile. Mi trattenne, con entrambe le mani. Sentii che erano gelide come quelle di un fantasma: «Mi ascolti bene, Margherita» sussurrò, come mi facesse un'orribile confidenza. «Se non scappa loro le faranno del male».

Mi divincolai, cominciai a correre verso la villa. Forse non avevo colpito Umberto, era stata una mia allucinazione. Forse lui, quell'uomo da cui ero stata attratta dal primo momento che lo vidi, e so che anche lui fu attratto da me la prima volta che mi incontrò, anche se avvenne in presenza di Alessandra, ecco quell'uomo mi avrebbe abbracciato, mi avrebbe sorriso e mi avrebbe detto: «La tempesta passerà, Margherita, non aver paura». Me lo avrebbe detto, e forse me lo stava già dicendo, avrei riconosciuto ancora il tono della sua voce, l'unica voce che mi rassicurava, la sua voce rasserenata.

«Non aver paura» mi avrebbe ripetuto, «non aver paura, Margherita», scandendo il mio nome, ancora una volta, il mio nome pronunciato da lui.

Pensai: ora arrivo alla villa e tutto sarà come immagino. Invece le gemelle erano davanti al corpo del padre rimasto a terra.

Alessandra era in piedi, poco distante da loro, si muoveva senza pace. A chi si rivolgeva Alessandra mentre chiedeva aiuto? Certo a loro, a quelle voci che ormai avevano preso il controllo della villa e delle nostre vite.

Io sapevo che erano state le gemelle.

Alessandra vedendomi mi corse incontro furiosa. Ripeteva, urlando: «Che hai fatto! Che hai fatto!» Ebbi come un'allucinazione, pensai che lei fosse me, vedevo me stessa in un'altra persona, aveva il mio stesso sguardo, i miei stessi lineamenti. Mi avrebbe fatto del male.

La colpii, la colpii molte volte, non cercai il cuore, il suo no, il suo cuore ferito quanto il mio. Il suo cuore era il mio stesso cuore, il suo cuore era sacro quanto il mio. Due cuori identici traditi da lui. La colpii al collo, sul corpo, ma il cuore no, quello non potevo ferirlo senza ferire me stessa. La pugnalai piú volte e lei cadde ai miei piedi, con un urlo sordo, pieno di stupore, di dolore, che non era il dolore del corpo, era una forma di sgomento.

Da terra continuava a guardarmi. Muoveva solo le palpebre, come ad ammonirmi, come a chiedermi scusa, scusa per avermi chiamato lí, scusa per le gemelle e per quelle apparizioni di cui certamente sapeva. Mi stava chiedendo scusa, ne ero certa, anche per non avermi aiutata. E scusa per il senso di colpa che mi avrebbe lasciato dopo la sua morte.

Lasciai cadere il tagliacarte. Andai verso le gemelle, indifferenti a tutto. Lucrezia stava dritta come una sentinella, con quell'espressione che ormai sapevo riconoscerle. E Lavinia prese a piangere. Capii che era la sorella Lucrezia il motore primo di quello che stava accadendo. Lei a capo di quell'orchestra spaventosa che ero riuscita a fermare.

Pensai solo a fuggire. Arrivai al parcheggio e salii sull'auto piú vicina: quella di Umberto. Girai la chiave e partii piú veloce che potevo. Mentre mi avviavo verso il cancello vidi i due cavalli: erano morti ai bordi della strada sterrata, vicini l'uno all'altro.

Il cancello si aprí al primo impulso del telecomando. Uscii e dopo un istante quel pomeriggio di agosto tornò a essere un pomeriggio qualunque. C'era poco traffico per strada, l'insegna rossa del centro commerciale a pochi chilometri dalla tenuta lampeggiava, dei ragazzi seduti sul muretto dell'ingresso ridevano e scherzavano. Uno sul motorino andava avanti e indietro facendo le impennate.

Pensai a un incubo, alle voci, ad Alessandra e Umberto, alle gemelle.

Se me lo chiedeste ora, potrei dire che non accadde nulla, che fu solo qualcosa di soprannaturale, di fuori dall'ordinario, e che loro, sono ancora lí, e va tutto bene.

Ma non fu cosí. Le bimbe stanno altrove. Quella casa di vetro costruita su un terreno dove non si doveva, ai margini di un crocicchio presidiato da una divinità greca capace di incantesimi e di arti negromantiche, è abbandonata.

Fui preda di un incantesimo, ed è per questo che ora sto qui. Non c'è piú il tempo per ricominciare a vivere. Ma è stato utile scrivere questa storia.

Un giorno curerò i malati di mente anche per questo. Perché sono gli ultimi innocenti di questa terra. Gli ultimi a dirci qualche verità, gli ultimi a vedere quello che non vede piú nessuno.

Ma tornando a quel giorno, appena arrivai a Roma mi calmai. Non era accaduto nulla, quello che avevo visto era un mondo di entità, un mondo lontano dal mondo, era un dolore che potevo sopportare: dovevo sopportarlo.

Mi fermai a una tavola calda, c'erano pochi clienti. Telefonai a un'amica, ero preoccupata di aver rubato, senza volerlo, l'auto di Umberto. Lei mi tranquillizzò: l'auto sarebbe stata riportata alla villa.

Fui ricoverata in una clinica. Quella sera era stata Alessandra a portare a letto le gemelle al posto mio, ne ero sicura.

ciare a vivere. Ma è stato utile scrivere questa storia.

Un giorno curerò i malati di mente anche per questo. Perché sono gli ultimi innocenti di questa terra. Gli ultimi a dire qualche verità, gli ultimi a vedere quello che non vede più nessuno.

Ma tornando a quel giorno, appena arrivai a Roma mi calmai. Non era accaduto nulla, quello che avevo visto era un mondo di sotto, un mondo lontano dal mondo, era un dolore che potevo sopportare: dovevo sopportarlo.

Mi fermai a una tavola calda, c'erano pochi clienti. Telefonai a un'amica: ero preoccupata di aver rubato, senza volerlo, l'auto di Umberto. Lei mi tranquillizzò: l'auto sarebbe stata riportata alla villa.

Fui ricoverata in una clinica. Quella sera era stata Alessandra a portare a letto le gemelle al posto mio, ne ero sicura.

29.

Non parlai per quattro giorni. Non mi fecero vedere nessuno. Mi isolarono dal mondo, pensando che avessi avuto una grave crisi nervosa. Si chiamerebbe trattamento sanitario obbligatorio, se non avessero deciso di curarmi in una clinica privata.

Non la chiamano piú cura del sonno, ma è un modo per tenerti sedato. Appena fui in grado di uscire dalla mia stanza e di farmi dare un giornale andai a cercare qualche notizia. Erano passati quattro giorni ma se ne parlava ancora. Alessandra e Umberto erano morti. Le bambine portate vie e affidate a Giovanni, il fratello di Umberto, che ne aveva la tutela. Non c'era scritto nulla sulle cause della morte nella parte di articolo che ero riuscita a leggere. La loro fine, in tutto quel dolore, aveva un lato romantico. Li invidiai, nessuno li avrebbe piú divisi, da quel momento in poi, sarebbero rimasti sempre assieme, come assieme sono ora le gemelle.

Le bambine, atterrite, non riuscirono a chiamare aiuto: quel giorno nella villa non c'era neppure il personale di servizio. Alcuni erano in permesso, altri in ferie.

Furono fatte delle indagini. Fino a qualche giorno prima lavorava lí una persona, ma gli unici testimoni affermarono che se ne era andata da qualche giorno. Le bambine ne ricordavano solo il nome, Giulia, ma non avevano dato indicazioni utili. Quello che appariva il giallo dell'estate stava diventando piano piano una tragedia umana, un lutto profondo su cui non indugiare oltre.

Pensai al professore di Venezia: solo da lui avrei avuto una spiegazione. Cosí prima di incontrare voi, e di rendermi disponibile a scrivere questo memoriale, partii per Venezia, anche se non mi era consentito. Fu una fuga necessaria.

Il professore mi diede appuntamento davanti alla Casina dei Fantasmi, fui io a chiederglielo, e si fece raccontare tutto quello che riuscivo a sopportare di poter dire. Se fosse stato per me non gli avrei spiegato nulla. Anzi, speravo di sentirmi dare da lui le spiegazioni che volevo. Sarebbe stata la prova che possedeva poteri paranormali.

Provai piú volte a raccontare, ma lui mi faceva tornare sempre indietro, perché a suo avviso avevo dimenticato un particolare, perché non avevo descritto abbastanza bene, perché voleva sapere ancora meglio. Sembrava un medico come voi, se posso dire. Voleva una anamnesi piú accurata possibile. Passeggiammo a lungo, poi cominciò a parlarmi, evitando all'inizio di entrare nel discorso dei fantasmi.

«Vede, Margherita, tutti vorrebbero avere un gemello. Per qualche tempo mi ero avviato verso una carriera da medico psichiatra e mi occupai a lungo dei gemelli, i gemelli identici, quelli che chiamiamo monozigoti. Poi la mia vita cambiò, ma in quel tempo, proprio sull'isola di San Servolo, mi ero occupato di due gemelle adolescenti che avevano commesso dei crimini e che non parlavano con nessuno. Mi accorsi che il rapporto tra i gemelli è minacciato da sentimenti negativi e violenti. Sono competitivi, c'è molta rivalità, spesso per accaparrarsi l'amore dei genitori. Sono gelosi e uno vuole sempre dominare l'altro. Ma i gemelli hanno bisogno l'uno dell'altro. È il legame piú stretto che si conosca tra due individui».

Il professore mi guardò attento: «Questo è ciò che posso dirle da medico. Da studioso di dottrine esoteriche è una storia diversa. C'è il legame e c'è il male. Quando il male è amplificato dalla potenza mentale di due gemelli allora può essere terribile. Vede, lei ha avuto il privilegio di scoprire misteri indicibili. I fantasmi si evocano perché ci obbediscono, e non il contrario».

«E la morte di Umberto e Alessandra?» chiesi.

«Fu opera delle gemelle e del loro esercito di fantasmi, di presenze: agivano per loro ordine».

Volevo davvero sapere cosa c'entrasse la dea Ecate in quella storia, e soprattutto se le bambine avrebbero ricordato quell'orrore per tutta la loro vita. Stette in silenzio per un po'.

«Le bambine ricorderanno, e continueranno a darle ordini. Purtroppo la sua mente non riuscirà mai a sfuggire da loro. Se loro vorranno, la troveranno. Riguardo alla dea Ecate, l'anziana mamma di Umberto aveva ragione. Quel luogo, consacrato a una divinità come Ecate, doveva essere evitato. Il tempietto era al centro di un crocicchio e la statua era lí per questo. Esistono luoghi popolati da presenze. Una persona sola non sarebbe stata capace di evocarle tutte, ma due gemelle sono state una combinazione imprevedibile. Ed è questo che è accaduto».

«Ma quando le scrissi, lei sapeva dove mi trovavo?»

La sua risposta a questa domanda mi fece venir voglia di scappare per arrivare qui, dove mi trovo ora. Perché lui mi guardò con immensa pietà e tenerezza: «Era prevedibile che lei sarebbe arrivata in quella casa, perché lí c'era la sua famiglia».

Quelle parole risuonarono nell'aria a lungo. Eravamo seduti tra due colonne di un chiostro, feci per alzarmi, volevo andarmene, ma il professore mi trattenne per un braccio: «Non torni piú, la scongiuro, non lo faccia. "Quando scruterai a lungo in un abisso, anche l'abisso scruterà dentro di te" ha scritto Nietzsche. Mi prometta che la sua mente andrà nel posto piú lontano da quell'abisso. Solo cosí riuscirà a salvarsi».

30.

HARVARD UNIVERSITY
Cambridge, Massachusetts, 20 ottobre 2020.

Gentile professor Grimaldi,
ho appena terminato di leggere il testo della signora Margherita B. di cui allego generalità precise in un foglio a parte, per una questione di riservatezza.

Intanto la ringrazio per avermi sottoposto un caso cosí complesso. Già nel mio *Principles of Psychology*, pubblicato nel lontano 1989, mettevo in evidenza che la sindrome di Korsakoff non sempre è conseguenza di ictus, emorragie cerebrali, encefalopatie o alcolismo. Ma può avere un'origine di tipo psicotico: e sono i pazienti piú gravi.

Nel paziente psicotico affetto dalla sindrome la memoria immediata è compromessa e le esperienze pregresse possono guidarne le azioni e le reazioni. Il paziente sostituisce esperienze confuse e immaginarie a quelle che non riesce piú a ricordare, e può essere cosí convincente da indurre il medico a considerare normale il suo stato mentale. Quando la sindrome di Korsakoff è di origine psicotica la prognosi è infausta.

Ma ora veniamo al memoriale. Trovo evidente che la passione per lo spiritismo sia qui un modo per nascondere, per seppellire il dramma vissuto. La sindrome di Korsakoff, se colpisce una gemella, può scatenare una rivalità e una violenza impossibili da prevedere.

Da quello che lei mi scrive nella memoria clinica, la paziente Margherita B. non si rese conto di aver ucciso la sorella gemella Alessandra e il cognato, verso cui aveva un'attrazione sentimentale. Quando, molti anni prima, Umberto conobbe Alessandra, lei era in compagnia di Margherita. E Margherita si era convinta che Umberto avesse notato prima lei.

Non è un caso che Margherita uccise Umberto con un fendente al cuore. Mentre uccise Alessandra colpendola su tutto il corpo. Ma trovo incoraggiante che Margherita sia stata capace di raccontare una sua verità, anche se si tratta di una verità fantasmatica.

L'aver affidato le figlie gemelle della coppia (i parti gemellari hanno una componente ereditaria) allo zio paterno non è stata a mio avviso la scelta migliore. Anzi, andavano allontanate da quell'ambiente e forse divise, per quanto possa essere doloroso, anche perché colui che ne ha la tutela, lei mi scrive, non ha i requisiti morali per occuparsi di un caso tanto delicato.

Per una paziente psicotica con la sindrome di Korsakoff aver rivissuto quel delirio attraverso un memoriale è un elemento interessante per una malattia che studio da anni ma di cui sappiamo ancora troppo poco. Mi tenga informato del percorso clinico, forse questo testo potrà un giorno condurre a una parziale guarigione, dopo tutto questo dolore.

Le porgo i miei saluti piú cordiali, suo

William James

31.

Lucrezia e Lavinia Ordelaffi vivono una buona parte dell'anno in un collegio svizzero non lontano da Berna e passano l'estate in una villa a Cap d'Antibes.

Margherita B. viene curata in una Rems. È l'acronimo di: residenze per l'esecuzione delle misure di sicurezza. Sono i vecchi manicomi criminali, ma molto piú accettabili. La gestione delle Rems è di esclusiva competenza del sistema sanitario mentre il perimetro delle strutture è affidato a servizi di vigilanza e di sicurezza.

Nessuno riuscí a spiegare cosa accadde quel pomeriggio nella villa a nord di Roma dove vivevano la sorella gemella Alessandra, il cognato Umberto e le nipoti, anch'esse gemelle: Lavinia e Lucrezia. Margherita era lí da circa tre settimane per una vacanza in famiglia.

I delitti avvennero sotto gli occhi delle gemelle in un pomeriggio di pioggia. Nessuno della servitú e del personale era presente in quel momento, solo il giardiniere, Gaetano Restivo, che non è mai stato rintracciato dagli investigatori. I giornali scrissero che forse ci fu una sua complicità, certo approfittò di quella tragedia per portare via dalla cassaforte di casa un tesoro di gioielli che Alessandra teneva nella villa. Sembra che Restivo sia stato segnalato dall'Interpol nell'isola di Haiti.

La villa oggi è abbandonata. Abbiamo scritto allo studio OMA di Londra per chiedere come mai quell'edificio realizzato da Rem Koolhaas non figuri nel *corpus* architettonico dell'architetto olandese. Ma la risposta è stata chiarissima: Koolhaas e lo studio OMA non hanno mai progettato quella casa.

Eppure Villa Alessandra resta uno straordinario esempio di architettura contemporanea, e nel mondo ora è conosciuta come: la casa di vetro.

Anche se ormai il giardino è in rovina, qualcuno, di tanto in tanto, toglie ancora oggi le erbacce dal tempietto, purtroppo privo del marmo di Ecate, sparito da tempo e certo finito in mano a qualche collezionista.

Infine alcuni dettagli e una coincidenza, per concludere questa storia. La prima è una precisazione. Il professor Carlo Ranieri, di cui si parla nel memoriale, fu tra i primi a visitare Margherita B. assieme alla sua assistente, la dottoressa Giulia Klein, quando la donna fuggí dall'ospedale dove era stata ricoverata. Il professor Ranieri non ha mai insegnato Storia delle Religioni, e tantomeno si è mai occupato di spiritismo e di esoterismo. Tra i piú importanti studiosi della sindrome di Korsakoff, è stato allievo del professor William James, psicologo, professore emerito dell'Università di Harvard. Sui colloqui con Margherita, Ranieri ha poi pubblicato un paper su «European Psychologist» (*Korsakoff's Syndrome in Twins*, n. 3, settembre 2019, pp. 54-91).

Margherita non è ancora cosciente che il fantasma del pianista, Aubrey Gibbons, corrisponde alla figura di Michele Ricciardi: lui è il giovane pianista di cui parla nel manoscritto, compagno di studi e di vita nei suoi anni giovanili. Interprete di Skrjabin, Ricciardi è oggi tra i piú celebrati concertisti al mondo. Nel 2010 pubblicò per Decca, in una incisione considerata ormai un classico, le *Sonate per pianoforte* numero 3, 4, 5 e 9 del compositore russo. In copertina, come un gioco d'antan, appare una sua fotografia in bianco e nero, dove Ricciardi porta un pizzetto appuntito e ha una camicia chiusa con un fiocco alla lavallière.

Infine. Per quanto possa apparire degno di un romanzo di Henry James, è solo una omonimia e una coincidenza che il professor William James porti il nome del fratello di Henry James, che peraltro insegnava a Harvard, e che cento anni prima pubblicò un saggio con lo stesso titolo del volume del professore a cui è stato chiesto un consulto: *The Principles of Psychology*. James, va detto, è un cognome assai diffuso negli Stati Uniti. E in ogni caso, il fratello del grande scrittore americano non si occupò mai della sindrome di Korsakoff.

Ogni volta che c'è un temporale, soprattutto se accade di notte, gli infermieri della casa di cura sono costretti a calmare in tutti i modi Margherita, spesso ricorrendo ai farmaci.

Lei esce in giardino, si inginocchia sotto la pioggia e ripete fino allo sfinimento i nomi di Lavinia e di Lucrezia. Prega le gemelle di liberarla dall'orrore che l'ha imprigionata per sempre.

Roma, 19 aprile 2021

Questo libro è stampato col sole

Fabbricato da Grafica Veneta S.p.A. con un processo di stampa e rilegatura
certificato 100% carbon neutral in accordo con PAS 2060 BSI

Stampato per conto di
Neri Pozza Editore, Vicenza
da Grafica Veneta S.p.A., Trebaseleghe (PD)
nel mese di marzo 2024
Printed in Italy